影目付仕置帳

剣《けん》鬼《き》流浪《さすらふ》

鳥羽 亮

幻冬舎文庫

影目付仕置帳　剣鬼《けんき》流浪《さすらふ》

目次

第一章　鉢割《はちわ》り玄十郎《げんじゅうろう》　11
第二章　騙《かた》り　57
第三章　闇の攻防　107
第四章　廻船問屋　157
第五章　御前さま　203
第六章　剣鬼たち　243

　肌寒い風が吹いている。

　八丁堀川沿いの土手の芒《すすき》が、サワサワと揺れていた。十六夜《いざよい》の月の青白いひかりに、芒の穂が銀色にかがやいている。

　清澄な月夜だった。芒を揺らす風音と八丁堀川の岸辺の石垣を打つ水音が、絶え間なく聞こえていた。

　五ツ（午後八時）ごろである。南八丁堀二丁目の八丁堀川の岸辺に、ぽつんと灯《ひ》が点《とも》っていた。夜鷹《よたか》そばである。その灯のなかに、手ぬぐいを頭にかけたふたりの女の姿があった。通りすがりの夜鷹が、そばを食っていたのだ。

「だれか、来るよ」

　年嵩《としかさ》の女が言った。

　見ると、大川の方から提灯《ちょうちん》が近付いてくる。その明りのなかに人影がふたつ、浮かび上がっていた。ひとりは、二刀を帯びていた。もうひとりは脇差《わきざし》だけである。武士が中間《ちゅうげん》か小者《こもの》に提灯を持たせているようである。

「見なよ、むこうからも来るよ」

もうひとりの女が言った。

京橋の方から近付いてくるふたつの黒い人影があった。こちらは提灯を持っていなかった。黒い人影が、月明りのなかにぼんやりと見えている。かすかに、腰の刀が確認できた。ふたりとも武士らしい。

提灯に足元を照らされた武士が、足早に夜鷹そばの脇を通り過ぎていった。そば屋の親爺《おやじ》とふたりの夜鷹は、武士の身装《みなり》から御家人か江戸勤番の藩士であろうと思った。

京橋の方から来るふたりの武士と提灯を持たせた武士との間が迫り、淡い月光のなかで交差した。

そのとき、何か固い物が触れ合うような音がした。

「無礼者！」

鋭い声が夜陰にひびいた。

夜鷹そばの親爺とふたりの女には、だれが発した声か分からなかったが、四人が足をとめて向かい合っているらしいことは分かった。

「鞘《さや》を当てておきながら、挨拶《あいさつ》なしか」

つづいて甲高い怒声が聞こえた。

その声を発したのは、京橋方面からの武士らしいことが分かった。従者に提灯を持たせた武士が、そこもとが急に……と声をつまらせて言ったのが聞こえたからである。

「許せぬ！」

そう叫んだ声が聞こえた瞬間だった。

夜陰のなかに、かすかな銀光が疾《はし》った。刀身が月光を反射《はね》たのである。

ギャッ、という絶叫がひびき、提灯に照らされていた武士がのけ反った。次の瞬間、別の悲鳴が聞こえ、提灯が川岸の方へ飛んだ。提灯を手にしていた従者も斬《き》られたらしい。

提灯が路傍で燃え上がり、炎のなかに立っているふたりの武士の姿を浮かび上がらせた。ひとりは中背で瘦《や》せているように見えた。もうひとりは、大柄で頭巾《ずきん》のような物をかぶっている。

だが、それもほんの一瞬で、燃え上がった炎の勢いが衰え、黒い幕をとじるように夜陰がふたりの武士の姿を隠してしまった。

「き、斬っちまったよ」

年嵩の女が、丼《どんぶり》を持った手を震わせて言った。

「かかわりにならねえこった。お侍同士の喧嘩《けんか》だよ」

初老の親爺が、闇《やみ》に目をむけながら小声で言った。かすかに声が震えている。

その場から足早に去っていくふたりの武士の姿が、月光のなかにぼんやりと見えた。京橋の方へもどっていくようだ。

ふたりの黒い姿が夜陰に溶けるように消えていく。

第一章　鉢割《はちわ》り玄十郎《げんじゅうろう》

1

京橋、水谷町の八丁堀川沿いの通りに、亀田屋《かめだや》という献残屋《けんざんや》があった。献残屋は、武家や商店などから不要になった献上品や進物を買い集め、必要とする者に売る商売である。この時代、何かことあれば進物や献上が頻繁に行われていたため、贈答品の売買はなくてはならない商売だったのだ。

その亀田屋に、下働きの万吉《まんきち》が慌てた様子で入ってきた。

「旦那《だんな》さま、大変ですよ」

万吉は、帳場にいた主人の茂蔵《しげぞう》に声をつまらせて言った。

「どうしました、そんなに慌てて」

茂蔵が口元に笑みを浮かべて訊《き》いた。

茂蔵は四十がらみ、六尺近い巨漢である。丸顔で大きな福耳をしており、恵比寿のような福相の主だった。

帳場には番頭の栄造《えいぞう》がいて、何事が起こったのかと万吉に好奇の目をむけている。亀田屋には他に、手代の音松《おとまつ》、最近奉公するようになった丁稚《でっち》の梅吉《うめきち》、それに女中のおまさがいるが、その場にはいなかった。

「この先の川端で、人がふたり斬られてますだ」

万吉は急に声を落とした。栄造が好奇の目をむけているのに気付いたせいらしい。

「ふたりも？」

茂蔵が驚いたような顔をして訊いた。

「へい」

「それで、斬られているのはだれです」

「だれだか分からねえが、お武家さまで」

「辻《つじ》斬りでしょうかね。それにしても、ふたりも斬られたとは……。物騒で、暗くなったら歩けませんね」

茂蔵は栄造に目をやりながら言った。

「表通りも、暗くなると寂しくなりますからねえ」

そう言って、栄造が首をすくめてみせた。

「ちょっと、見てきましょうかね」

茂蔵は、番頭さん、店をあけますよ、と栄造に声をかけた。

「いってらっしゃいまし。店のことはご心配なさらずに」

栄造は目を細め、揉《も》み手をしながら言った。

茂蔵は、頼みますよ、と言い置き、万吉を連れて店の外へ出た。

晴天だった。朝のおだやかな陽射《ひざ》しのなかを通行人が行き交っている。陽気がいいせいか、八丁堀川沿いの通りはいつもより人出が多いようだった。

「それで、町方は来ているのか」

茂蔵が歩きながら訊いた。店内の会話とは打って変わって、低い寂《さび》のある声である。

「へい、楢崎《ならざき》の旦那が」

万吉が小声で答えた。

楢崎慶太郎《けいたろう》は北町奉行所の定廻《じょうまわ》り同心だった。

「そうか」

茂蔵はすこし足を速めた。

柔和な表情が消えている。細い目には刺すようなひかりがあった。茂蔵は六尺ちかい巨漢の上に腕や首が異様に太かった。外見は商人《あきんど》だが、柔術と捕手《とりて》を主に編まれた制剛《せいごう》流の達人で、影目付のひとりだった。

影目付とは、老中、松平伊豆守信明《まつだいらいずのかみのぶあきら》の命《めい》を受け、隠密裡《おんみつり》に事件の探索、糾明にあたり、町方や目付などが裁けない咎人《とがにん》をひそかに処罰する者たちである。

茂蔵の元の名は黒木与次郎《くろきよじろう》で、黒鍬頭《くろくわがしら》だった。黒鍬者は幕府の雑用にたずさわる御家人以下の身分で、ふだんは江戸城の門前の警備や登城者の行列の整理などにあたっている。

ある日、配下の黒鍬者が行列の順序のことで供奉《ぐぶ》の者と言い争いになり、相手の傲慢《ごうまん》な態度にカッとなって、殴りつけてしまった。このことが幕府に咎められ、黒木も連座して死罪の沙汰《さた》が下りそうになった。

当時まだ幕府の御目付だった岩井勘四郎《いわいかんしろう》がこのことを知り、黒木を助けた。岩井は黒木の制剛流の腕を惜しんだのだ。なお、岩井が影目付の頭である。

岩井は黒木をひそかに江戸から逃がし、幕閣には抵抗したためやむなく斬り捨てたと報告したのだ。

その後数年して黒木は茂蔵と名を変え、商人として江戸にもどってきた。そして、岩井の援助で亀田屋を始めて現在にいたっている。献残屋を始めたのは、黒木という名の黒鍬頭をこの世から抹殺するためと、献残屋は商売柄武家屋敷に出入りすることがあるので、旗本や御家人を探るのに都合がよかったからである。

「旦那さま、あそこで」

万吉が前方を指差した。

万吉は老齢で鬢《びん》や髷《まげ》が白く、腰もすこしまがっていた。ただし、足腰はまだ丈夫で、足だけなら茂蔵にも負けなかった。

万吉は他の奉公人とはちがっていた。家族はなく独り暮らしで、茂蔵が黒鍬頭だったころから下働きとして仕えていた。むろん、茂蔵が影目付であることも知っている。いまは茂蔵の手先であり、影目付たちのつなぎ役もかねていた。

「大勢いるな」

川沿いの路傍に人だかりができていた。半纏《はんてん》に股引《ももひき》姿の船頭、ねじり鉢巻姿のぼてふり、風呂敷包みを背負ったお店者《たなもの》、近所の女房らしき女、それに子供……。その野次馬たちの人垣のなかに、同心の楢崎の姿が見えた。黄八丈の着物を着流し、黒羽織の裾《すそ》を帯に挟んだ巻羽織《ばおり》という八丁堀ふうの格好なので、すぐにそれと知れる。楢崎のそばには岡っ引きらしい男の姿もあった。

ふたりの死体は楢崎の足元近くにあるらしい。楢崎は仏頂面をして足元に視線を落としている。

茂蔵は目立たないように人垣の後ろにつき、肩越しに覗《のぞ》き込んだ。

そこは土手際で、丈の低い雑草におおわれていた。その叢《くさむら》のなかに、男がひとり仰向けに倒れていた。苦悶《くもん》に顔をゆがめたまま表情がかたまっている。カッと見開いた両眼が、虚空を睨《にら》んでいた。

羽織袴姿の武士体《てい》だった。江戸勤番の藩士か御家人といった身装《みなり》である。その肩口から羽織が斜めに裂け、着物がどす黒い血に染まっていた。

……手練《てだれ》だ。

と、茂蔵は見てとった。

下手人は、殺されている武士の正面から袈裟《けさ》に斬り下ろし、一太刀《ひとたち》で斃《たお》したのである。しかも、鎖骨や肋骨を截断《せつだん》するほどの剛剣だった。下手人は剣の達者とみていいだろう。

そのとき、万吉が茂蔵の背をつついた。

「どうしたな」

そう言って振り返ると、後ろに弥之助《やのすけ》が立っていた。

2

弥之助は何も言わず、茂蔵と目が合うとちいさく頭を下げた。表情も動かさず、茂蔵の脇から死体に目をむけている。

茂蔵もすぐに前をむいて視線をもどした。そばにいた者も、ふたりのやり取りには気付かなかっただろう。

弥之助は黒の半纏に紺の股引姿だった。ふだんは、深川の船頭をやっているが、黒鍬の弥之助と呼ばれる影目付のひとりである。

弥之助は山岸《やまぎし》弥之助という名の元黒鍬衆であった。弥之助は駿足《しゅんそく》で、動きも敏捷《びんしょう》だった。屋敷内の侵入や尾行などが巧みで隠密にはもってこいの男であった。岩井は、御目付だったころ、配下の黒鍬頭をとおして弥之助を隠密として使っていたのだ。

ところが、弥之助は旗本屋敷に仕える中間を誤って斬殺《ざんさつ》し、御役御免になった。その弥之助を岩井が、影目付に引き入れたのである。

弥之助は刀槍《とうそう》の腕がよかったわけではないが、特異な術を会得していた。鉄礫術《つぶて》である。弥之助の遣う鉄礫は直径一寸五分（約四・五センチ）ほどの六角平形をしており、人に当たれば肌を裂き、骨を砕くほどの威力があった。

「もうひとりも、お侍さまかな」

茂蔵は独り言のようにつぶやき、すこし川岸の方に近寄った。すこし間を置いてから、弥之助も移動した。

倒れている武士から五間ほど離れた土手の叢のなかに、もうひとり倒れていた。中間であろうか、股引にお仕着せの法被《はっぴ》を着ていた。腰に脇差を差していたが、抜いてはいなかった。

死体は伏臥《ふくが》していた。首が奇妙にまがっている。血を小桶《こおけ》で撒《ま》いたかのように、叢が広範囲に黒く染まっていた。喉皮《のどかわ》を残して背後から首を刎《は》ねたらしい。おそらく下手人は、逃げようとしてきびすを返した中間を背後から襲ったのである。

……こっちも手練だな。

背後から一太刀で首を刎ねるのはむずかしい。しかも、下手人は刀身を横一文字に払って、逃げようとした男の首を斬ったのだ。剣の達者でなければできない芸当である。

「旦那さま、大勢来ますよ」

万吉が茂蔵のそばに来て耳打ちした。

見ると、京橋の方から十人ほどの男と一台の大八車《だいはちぐるま》が来る。集団は羽織袴姿の武士と大八車を引く中間だった。旗本の家士と中間であろうか。大名家の家臣には見えなかった。おそらく斬殺された武士とかかわりのある者たちであろう。

「前をあけよ」

一団の先頭にいた初老の武士が権高《けんだか》に言った。

その声と集団の勢いに圧倒され、集まっていた野次馬たちが逃げるように左右に散った。

茂蔵たちもすこし離れた場所に身を引いて、ことの成り行きを見守った。

「そこに倒れているふたりの者は、当家に仕える者ゆえ、即刻引き取らせていただく」

初老の武士が、検屍《けんし》をしている楢崎の前に立ち、声高に言った。

「御尊名を承《うけたまわ》りたい」

楢崎が渋い顔をして言った。

「秋山泉右衛門《あきやませんえもん》、旗本青田《あおた》家の用人でござる」

初老の武士は声をひそめて言ったが、茂蔵の耳にはとどいた。

「ここに斬られている者の名も、承りたいが」

さらに、楢崎が言った。

「家士同士の争いゆえ、町方の詮議《せんぎ》は無用に願いたい」

秋山が突っ撥《ぱ》ねるように言った。

楢崎は憮然《ぶぜん》とした顔をしたが、反論しなかった。

この時代、武士は町奉行所の支配外であった。江戸に住む武士のうち幕臣はそれぞれの頭が支配し、藩士は藩主に支配されていた。したがって、町奉行所の同心である楢崎には、旗本の家士を探索したり、詮議したりする権限はなかったのだ。それに、楢崎にしてみれば、旗本の家士のかかわった事件に首をつっ込みたくはなかった。死体を引き取ってくれれば、却《かえ》って好都合だったのである。

「ふたりを車に乗せろ」

秋山が命ずると、周囲にいた武士と中間たちが、倒れているふたりのそばに行き、死体を運んだ。

大八車に乗せられたふたりの死体の上に、大八車に積んできた筵《むしろ》や菰《こも》が幾重にもかぶせられた。通行人の目から死体を隠すためであろう。

「今後、探索は無用にござる」

秋山が榴崎に念を押すように言い、大八車を出すように声をかけた。

秋山たち一行とふたりの死体を乗せた大八車は、京橋の方へむかっていく。それを見送っていた榴崎が、

「念のためだ。近所で聞き込んでみろ」

と、集まっていた岡っ引きたちに命じた。そこが町人地だったので、下手人によっては町方が捕らえねばならないと判断したのかもしれない。

すぐに、数人の岡っ引きと下っ引きが、その場を離れた。ひとり、与八《よはち》という、榴崎に手札をもらっている老練の岡っ引きが、通りへ出て京橋の方へ足をむけた。与八は大八車の跡を尾《つ》けるつもりらしい。

茂蔵は背後に立っている弥之助と目を合わせると、去って行く秋山たちの方へ顎《あこ》をしゃくった。行き先をつきとめてくれ、という合図である。

弥之助はかすかにうなずくときびすを返し、通りを行き来する人々の間に交じって秋山たちの一行を尾け始めた。

弥之助の姿が遠ざかると、茂蔵は万吉に顔をむけ、

「帰りましょうかね。いつまでも、油を売っているわけにはいきませんからね」

と、商家の主人らしい物言いで声をかけた。

3

半方ないか、半方ないか、半方ないか……。

宰領役の中盆の声が賭場《とば》から聞こえてきた。半の駒《こま》が足りず、半方の客に駒を張るよううながしているのだ。

盆茣蓙《ぼんござ》の周囲には大勢の男が集まっていた。職人、遊び人ふうの男、商家の主人らしい男、牢人《ろうにん》……。いずれも血走った目をし、壺《つぼ》振《ふ》りの手にした壺に視線を集めている。

賭場のなかは百目蠟燭《ひゃくめろうそく》に照らされ、莨《たばこ》の煙と温気《うんき》が充満していた。その熱気のなかに、中

盆の上げる低い声が誦経《ずきょう》のようにひびいている。

日本橋高砂町にある賭場だった。貸元は源蔵《げんぞう》という渡り中間だった男である。源蔵は若いころから博奕《ばくち》好きで、旗本の中間部屋を利用して中間相手に小博奕をひらいて寺銭《てらせん》を稼いでいたが、妾《めかけ》が死んだのを機に、この地にあった妾宅《しょうたく》を賭場にしたのである。

賭場に使っている座敷の隣に源蔵のための座敷があった。長火鉢が置かれ、神棚もしつらえてあった。そこには酒も用意してあり、客が望めば源蔵の手下《てか》が振る舞い酒を飲ませてくれる。

渋谷玄十郎《しぶやげんじゅうろう》は、長火鉢の脇に寝そべって茶碗《ちゃわん》酒を飲んでいた。さっきから賭場の方に顔をむけていたが、眠ったように目を細めたままで表情も動かさない。

渋谷は三十代半ば、中背で痩身《そうしん》だった。肉をえぐり取ったように頰《ほお》がこけ、顎がとがっていた。総髪で前髪が額に垂れ、髪の間から蛇のような細い目が覗いている。生気のない土気色の肌をし、陰湿で酷薄な顔をしていた。

渋谷は賭場の用心棒だった。源蔵に用心棒を頼まれ、この賭場に寝起きするようになって三月《みつき》ほどになる。

渋谷が賭場に顔を出した夜、博奕に負けた無頼牢人が、いかさまだと言って怒りだし、外に連れ出そうとした源蔵の手下にいきなり刀を抜いた。その場に居合わせた渋谷は、無言で牢人に近寄ると、一太刀で斬って捨てた。

渋谷は牢人に恨みがあったわけではないし、用心棒として己の腕を売り込もうという下心があったわけでもない。ただ、牢人が自分の駒を足蹴《あしげ》にしたことが気に入らなかったのである。

これを見た源蔵は、その場で渋谷に賭場の用心棒を頼んだ。渋谷は行くあてもなかったので、ときおり賭場に顔を出すだけでいいし、酒は飲み放題だ、という源蔵の話を聞いて承知したのである。

……どこの賭場も同じだな。

渋谷は胸の内でつぶやいた。

江戸に流れ着くまで、渋谷は中山道《なかせんどう》を流れ歩いていた。賭場の用心棒をしたり、喧嘩にくわわったり、ときには金ずくで人を斬ったりして流浪の旅をつづけてきた。

渋谷は中山道、倉賀野《くらがの》宿ちかくの郷士《ごうし》の家に次男として生まれた。郷士といっても、田畑を耕して暮らしの糧を得ており、百姓と変わるところはなかった。

渋谷の父親は、次男である玄十郎を剣で身を立てさせてやりたいと考え、少年のころから高崎城下にある馬庭《まにわ》念流《ねん》の道場へ通わせてくれた。

渋谷の実家は高崎宿寄りにあったので、城下まで一里弱だった。そのため、少年の足でも通うことができたのだ。

なお、馬庭念流は上州樋口家《じょうしゅうひぐち》の流儀で、このころ上州一帯で隆盛をみていた。高崎城下にもその道場があり、高崎藩の家臣はむろんのこと、城下の町人や百姓の次男、三男なども通っていたのである。

渋谷は剣の天稟《てんぴん》に恵まれていた上に稽古《けいこ》熱心だったので、二十歳を過ぎるころには、道場内でも屈指の遣《つか》い手《て》になっていた。ちかいうちに、道場の師範代になるだろうと噂され、さらに馬庭念流の道場をひらくことも遠い先ではないとみられていた。

ところが、二十二歳のときにつまずいた。兄弟子に誘われ倉賀野宿の料理屋で酒を飲んだ後、酔った勢いもあってわざわざ旅籠《はたご》屋に出かけ、飯盛《めしも》り女を抱いたのである。

敵娼《あいかた》はおたまという十七歳の娘だった。おたまは売られて間もないこともあり、まだ娘らしさが残っていた。渋谷は同衾《どうきん》した後、おたまの悲惨な境遇を聞いて同情するとともに、初々《ういうい》しい女らしさに惹《ひ》かれた。渋谷にとって初めての女だったこともあり、たちまち入れ込むようになった。

だが、郷士の次男である渋谷には、飯盛り女の許《もと》に通う余裕などなかった。渋谷は金になることなら何でもやった。百姓仕事はむろんのこと、宿場の人足、賭け試合、はては博奕打ちの喧嘩《でいり》の助っ人にまで手を出したのである。

そんな思いまでして金を工面し、おたまに逢《あ》いに宿場に出かけていたが、ある夜、おたまを抱いた後、夜具のなかで眠っていると、人の近付いてくる気配がした。情交の余韻が体に残り、眠りが浅かったので目覚めたらしい。

寝たまま薄目をあくと、夜陰のなかに黒い人影がかすかに識別できた。男らしい。胸のあたりに刃物のにぶいひかりがあった。匕首《あいくち》であろうか。構えた刃物が、月光に照らされた障子の明るみを映しているようだ。

……おれを狙《ねら》っているのか！

渋谷は高鳴る動悸を抑え、脇に置いてあった大刀に右手を伸ばした。

人影は足音を忍ばせて近付いてくる。人影はもうひとつあった。刃物を手にしている男の後ろに身を寄せてついてくる。後ろの人影は、影が折り重なって男か女かも識別できなかった。

刃物を持った男の息遣いが聞こえた。気が昂《たかぶ》っているのか、弾むような息の音だった。夜陰のなかで、見開いた両眼がうすくひかっている。

人影が迫り、荒々しい息遣いの音が聞こえた。

と、男が呻《うめ》くような声を洩《も》らし、刃物を振り上げた。

瞬間、渋谷は腹にかけていた掻巻《かいまき》を撥ね上げ、横に転がった。次の瞬間、獣の吠《ほ》えるような叫び声を発し、男が刃物を夜具のなかへ振り下ろした。

夜具から転がり出た渋谷は立ち上がりざま手にした刀を抜き、黒い人影めがけて斬り下ろした。

バサッ、という濡《ぬ》れ畳でも斬ったような音がし、男の首がかしいだ。その瞬間、生温かい液体が渋谷の顔にかかった。

男の首根から噴き出した血だった。男は頭から夜具のなかにつっ込み、身を揉むように動いた。首根から勢いよく噴き出した血が夜具に当たり、しゅるしゅると、蛇が地面を這《は》っているような音がした。

男の背後にいた人影が喉のつまったような悲鳴を上げて、逃げようとした。

咄嗟《とっさ》に、渋谷は踏み込みざま、逃げる人影の背に刀を突き刺した。人影がのけ反り、喉の裂けるような悲鳴が上がった。女の悲鳴である。

人影に身を寄せた渋谷は、血の臭《にお》いのなかに脂粉と汗の入り混じったような匂《にお》いを嗅《か》いだ。それは、情交の匂いでもあった。

……おたま！

まちがいなくおたまだった。

おたまは俯《うつぶ》せになったまま身を顫《ふる》わせ、ヒイヒイと喘鳴《ぜんめい》を洩らしていた。見覚えのある緋《ひ》色《いろ》の肌襦袢《はだじゅばん》と二布《ふたの》が捲《めく》れ、太腿《ふともも》と尻の一部が夜陰のなかに白く浮かび上がっていた。ひどく淫靡《いんび》な光景だが、渋谷の目には穢《けが》らわしい物のように映った。

おたまの背中の傷口からどす黒い血が噴き出ていた。おたまの背が、見る間に黒く染まっていく。

渋谷は、いっとき血刀をひっ提げたまま呆然《ぼうぜん》とつっ立っていた。頭のなかは真っ白で、何が起こったのか、すぐには理解できなかった。

そのとき、隣の部屋で夜具を動かす音とくぐもったような声が聞こえた。旅人が悲鳴を耳にし、起き出したのかもしれない。

渋谷は刀を鞘に納めると身繕いをして、旅籠を抜け出した。渋谷はそのまま倉賀野宿を発《た》ち、高崎の城下を抜けて板鼻宿《いたはな》へむかった。ともかく、この場から逃げようと思ったのである。

その後、渋谷は中山道を流浪するなかで、旅人の噂から、旅籠で渋谷を襲った男とおたまのことを知った。

男はおたまの情夫《いろ》で、政次《まさじ》という渡世人だった。政次は、渋谷が助っ人をした博奕打ちの親分と敵対していた親分の許に草鞋《わらじ》を脱いでいたのだ。政次は自分の情婦《おんな》のおたまの許へ渋谷が通ってくることを知り、一宿一飯の恩義から、

「渋谷という若造は、あっしが始末しやしょう」

と、言いだしたらしいのだ。

そして、あの夜、おたまに手引きさせて渋谷を襲ったのである。

その話を聞いた渋谷は、おたまという女郎に初めから弄《もてあそ》ばれていたことを知った。そして、己の愚かさと男女の情の空《むな》しさを思い知らされた。同時に、渋谷は己の将来のすべてを失っていた。剣名を上げて道場主になる夢はむろんのこと、武士として真っ当に生きていく道さえとざされてしまったのである。

「旦那、すこし遊んでみますかい」

源蔵が渋谷に声をかけた。博奕をしてみるかと、訊いたのである。

「いや、博奕はいい」

そう言って、渋谷は湯飲みの酒を口に運んだ。

渋谷はあまり博奕に興味を持たなかった。勝っても負けても、どうということはないのだ。金に対してそれほどの執着がなかったからであろう。将来をとざされた流れ者には、生きていくだけの金があれば十分だった。それに、渋谷は人を斬ることに痛痒《つうよう》を感じなくなっていたので、金が必要なら己の剣でいつでも手にすることができたのである。

4

「すこし、酔いを覚ましてくるか」

そう言って、渋谷は傍らの刀を手にして立ち上がった。

「旦那、どこへお出かけです」

源蔵が怪訝《けげん》な顔をして訊いた。

「そこらをふらついてくるだけだ。一刻《いっとき》（二時間）もすればもどる」

渋谷は抑揚のない声で言うと、大刀を腰に差した。一本だけの落とし差しである。

お気をつけて、と言う源蔵の声を背で聞いて、渋谷はふらりと戸口から出た。

外は満天の星空だった。頭上で、弦月が皓々《こうこう》とかがやいている。酒で火照《ほて》った体に、晩秋の冷気が染みて心地好かった。

渋谷は、寝静まった表長屋や小体《こてい》な店のつづく路地を抜け、浜町河岸《がし》へ出た。そして、河岸通りをぶらぶらと大川の方へ歩いた。

すでに、町木戸のしまる四ツ（午後十時）ちかくである。河岸通りに人影はなく、掘割の汀《みぎわ》に寄せる水が、ちゃぷちゃぷと幼子の笑っているような軽やかな音をたてていた。

渋谷は大川端へ出た。静かなせいか、流れの音が轟々《ごうごう》と聞こえてくる。大川の川面《かわも》は黒く沈んでいたが、波の襞《ひだ》のような起伏が月光を浴びて銀色の無数の筋のようにひかっている。

渋谷は大川端を川上にむかって歩いた。鬱屈《うっくつ》した思いが胸につまっていた。川風に吹かれることで胸の重苦しさが消散するかと思ったが、すこしも軽くならなかった。

……斬らねば駄目か。

渋谷は胸の内でつぶやいた。

人と真剣で対峙《たいじ》したときの異様な昂りと斬殺した後の嗜虐《しぎゃく》的な満足感が、胸の鬱屈を霧散させてくれることを渋谷は知っていた。

渋谷はこれまで、多くの人を斬ってきた。ときには、金のためでも恨みでもなく、鬱屈した己の心の解放のために斬ることもあった。殺戮《さつりく》と酒だけで生きてきた残忍な流浪の剣鬼である。

中山道筋に巣くう無頼牢人、渡世人、無宿者、兇状《きょうじょう》持ちなど、渋谷を知る者は、鉢割《はちわ》り玄十郎、人斬り玄十郎などと呼んで恐れていた。

鉢割りという異名は、渋谷の遣う剣からきたものである。渋谷は敵の正面から踏み込み、真っ向に斬り下げる剣をよく遣った。その際、幹竹割《からたけわ》りのように深く斬り下げず、手前に引きながら斬る。そうすると、切っ先が敵の額を割るだけで、刀身を手元に引くことができるのだ。

深く斬り下げることで、己の動きと太刀《たち》捌《さば》きがとまることを恐れたのである。渋谷が複数の敵を相手に戦ってきたなかから、編み出した刀法であった。

渋谷の真っ向への斬撃《ざんげき》をあびせられると、額が割れる。このことから、鉢割り玄十郎との異名が付いたのである。

渋谷は新大橋のたもとから両国方面にむかって歩いた。通りの右手は大川、左手は大名の中屋敷や下屋敷がつづいている。通りに人影はなく、大川の汀に寄せる水音だけが聞こえていた。

……だれか来る。

前方に提灯の明りが見えた。

提灯はひとつ、薬研堀《やげんぼり》辺りであろうか。日本橋方面にむかっているらしく、しだいに近付いてくる。

……武士であれば、斬る。

そう思い、渋谷は大名家屋敷の築地《ついじ》塀《べい》の陰に身を隠した。町人であれば、そのまま見逃すつもりだった。無抵抗の町人を斬っても、刀を汚すだけで何の高揚感もないのである。

提灯がしだいに近付いてきた。その明りのなかに、ぼんやりと黒い人影が見えたが、まだ武士かどうか分からない。

人影がふたりであることが分かった。提灯を持っている前の男が従者かもしれない。

……武士だ！

人影が二刀を帯びているのが、識別できた。ふたりとも二本差しで、羽織袴姿だった。牢人ではない。江戸勤番の藩士か、御家人であろう。

渋谷は相手がふたりでもかまわないと思った。これまでも、複数の武士を相手に斬り合ったことは何度もあった。相手の腕にもよるが、常にひとりと相対するように動けば、敵が複数でも利を失うことはないのである。

提灯の灯が、五間ほどに近付いたとき、渋谷は築地塀の陰から通りへ出た。

突然、眼前に姿をあらわした渋谷を見て、提灯を持った男がギョッとしたように立ちどまった。三十がらみと思われる中背の男である。つづいて後ろの男も足をとめた。

中背の男が提灯を高くかかげ、渋谷の姿を明りのなかにとらえると、

「何者だ！」

と、誰何《すいか》した。臆《おく》した様子はなかった。多少は腕に覚えがあるのかもしれない。

「通りすがりの者」

渋谷がくぐもったような低い声で言った。胸の昂りを抑えたため、抑揚のない声になった

ようだ。

「ならば、道をあけよ。夜中にこのような場所でうろついていると、追剝《おいは》ぎか辻斬りと間違われるぞ」

中背の男の声に、揶揄《やゆ》するようなひびきがくわわった。うらぶれた牢人ひとりと見て、侮ったのかもしれない。

「立ち合いを所望」

渋谷はふたりの行く手に立ちふさがったまま言った。

「な、なに！」

中背の男が声を上げ、提灯が揺れた。

ふたりの武士に緊張がはしった。すぐに左手で刀の鍔元《つばもと》を握ったが、右手はそのままで抜刀の体勢は取らなかった。渋谷が本気で立ち合いを挑んできたとは思わなかったのかもしれない。

「何を血迷ったことをもうしておる。このような夜更けに、突然あらわれ、何が立ち合いだ。そこを退《の》け！」

後ろの男が苛立《いらだ》ったような声で言った。

大柄で、どっしりした感じのする男だった。壮年であろうか、声にも渋みがあった。

「問答無用」

　渋谷は刀を抜いた。

　刀身が月光を反射《はね》て、うすい銀光を曳《ひ》いた。渋谷は刀身を足元に垂らしたまま、ゆらりと立っている。その姿には幽鬼を思わせるような不気味さがあった。

「貴様、辻斬りだな。ひとりで、わしらふたりを相手にするつもりか」

　大柄な男が言った。

「ひとりでも、ふたりでも変わらぬ」

「おのれ、痴《し》れ者《もの》！」

　叫びざま、中背の男が提灯を路傍に投げた。

　提灯は大名屋敷の築地塀に当たり、ボッと音をたてて燃え上がった。炎の明りのなかに、渋谷の姿が浮かび上がった。

「うぬの名は」

　誰何しざま、大柄な男が抜刀した。

「名無しの人斬り……」

　渋谷はくぐもったような声で言い、左の拳《こぶし》が額につく低い上段に構えた。この構えから、敵の真っ向へ斬り込むのである。

大柄な男が渋谷の前に立ち、切っ先をむけた。青眼《せいがん》である。構えは様になっていたが、切っ先が揺れていた。気が昂って、体が顫えているらしい。

中背の男は八相《はっそう》に構え、左手にまわり込んできた。渋谷の左手後方から攻撃するつもりらしい。左手後方からの斬撃がもっともかわしづらいことを知っているようだ。

中背の男が摺《す》り足で、一気に間合を狭めてきた。

つ、つ、と渋谷は右手に動いた。左手後方へまわり込ませないためである。

なおも中背の男が素早い寄り身で、渋谷の左手に迫る。

渋谷は大柄な男との間合をつめ、斬撃の間境に迫るや否や仕掛けた。

全身に気勢を込め、斬撃の気配を見せながら、ピクッ、と両拳を動かし、腰を沈めた。斬り込むと見せた誘いである。

この誘いに大柄な男が乗った。

イヤアッ！

甲高い気合を発し、青眼から真っ向へ斬り込んできた。

間髪をいれず、渋谷は右手前方に踏み込みざま、真っ向へ斬り下ろした。

端《はた》から見ている者がいれば、両者がほぼ同時に敵の頭上へ斬り込んだように見えたであろう。それほど、渋谷の反応は迅《はや》かった。

次の瞬間、渋谷の切っ先が大柄な武士の切っ先をはじき、そのまま額をとらえた。はじかれた大柄な武士の切っ先は、渋谷の肩先をかすめて流れた。

一瞬一合の勝負である。

にぶい骨音がし、大柄な武士の額が割れ、血と脳漿《のうしょう》が飛び散った。

大柄な武士は踏み込んだ勢いのままたたらを踏むように泳ぎ、築地塀のそばまで行って前につんのめるように倒れた。つっ伏した武士は四肢を痙攣《けいれん》させていたが、すぐに首が落ち、そのまま動かなくなった。

「おのれ！」

ひき攣《つ》ったような声を上げ、中背の男が左手から斬り込んできた。

八相から袈裟へ。強引な仕掛けである。しかも、逆上して身が硬くなり、斬撃にするどさがなかった。

渋谷は脇へ飛んでかわしざま、頭上へ斬り下ろした。

切っ先が男の側頭部をとらえた。一瞬、男の頭部がゆがんだように見え、柘榴《ざくろ》のように割れた。次の瞬間、血が黒い火花のように夜陰に散った。

男は腰からくずれるようにその場に倒れた。悲鳴も呻き声も聞こえなかった。頭部から血の流れ落ちる音が、渋谷の耳にとどいただけである。

渋谷は足元ちかくに倒れた男の袖口《そでぐち》で刀身の血を拭《ぬぐ》うと、ひとつ息を吐き、静かに納刀した。

渋谷の目が異様にひかり、唇が血を含んだように赤く染まっている。その口元にうす笑いが浮いていた。渋谷の胸をふさいでいた暗い鬱屈した思いが霧散している。

渋谷は懐手《ふところで》をすると、満足そうな顔をして歩きだした。後に、ふたりの死体だけが残された。大気のなかに、血の濃臭がただよっている。

5

大川端に、大勢の人だかりができていた。さらに、ふたりの死体のまわりを数人の男たちが取りかこみ、そのなかに楢崎と岡っ引きの姿があった。

「ひでえな、頭を割られてるぜ」

楢崎が顔をしかめて言った。そばに立っている岡っ引きたちも、凄惨《せいさん》な死体に顔をこわばらせている。

「昨夜《ゆうべ》、ここで、斬り合いを見た者はいねえか」

楢崎が、集まった野次馬たちにも聞こえるような声で訊いた。倒れているふたりの武士がそれぞれ刀を手にしていることから、ここで斬り合ったとみたようである。野次馬たちの間に私語が起こってざわめいたが、だれも声を上げる者はいなかった。

その人垣の後ろに茂蔵と万吉、それに深谷《ふかや》の喜十《きじゆう》が立っていた。

喜十は神田鎌倉町の多左衛門《たざえもん》長屋に住んでいた。この日、朝起きて井戸端で顔を洗っていると、長屋の女房連中が大川端で人が斬られていると話しているのを耳にし、足を運んで来たのである。

喜十も影目付のひとりだった。喜十は影目付のなかでも変わり者だった。歳《とし》は二十五、一匹狼《おおかみ》の博奕打ちで、頬に刀傷があり、剽悍《ひようかん》そうな面構えをしていた。喜十は中山道深谷宿ちかくに生まれ育ったことから、深谷の喜十と呼ばれるようになったのである。

喜十は、武州《ぶしゆう》深谷宿ちかくの水呑み百姓の家に生まれた。少年のころから百姓を嫌い、家を出て深谷宿をうろついていた。そして、十七、八になると博奕を覚え、深谷宿の賭場に顔を出すようになった。

そして数年後、賭場で諍《いさか》いを起こして深谷宿を飛び出し、博奕打ちとして中山道を流れ歩くようになったのである。

喜十が中山道、鴻巣《こうのす》宿の親分の家に草鞋を脱いだとき、一宿一飯の恩義から、対立している一家との喧嘩《でいり》にくわわり、相手の親分の倅《せがれ》を斬ってしまった。しかも、その喧嘩で、喜十が草鞋を脱いだ親分が、相手の用心棒に斬り殺されて縄張を失ったため、喜十は相手の子分たちに命を狙われる羽目になった。

喜十は江戸へ逃げてきた。ところが、浅草諏訪町《すわちょう》で追っ手につかまった。追っ手にとりまかれ、あわやというときに喜十を助けてくれたのが、通りかかった岩井だった。

岩井は、喜十に行く当てがあるのかどうか訊いた。

「あっしは、親も子もねえ流れ者でござんす」

虚言ではなかった。このとき、喜十は天涯孤独の身だったのである。

喜十が家に寄り付かなくなった数年後の飢饉《ききん》のおり、妹は女衒《ぜげん》に売られ、父親は百姓仕事の無理がたたって病で死に、母親は生きる術《すべ》を失って首をくくって死んだ、と流浪の旅の空で聞いていたのだ。

「ならば、おまえも一度死なぬか」

岩井はそう言って、自分も一度死んだ男で、いまは影目付として生きていることを話した。

岩井は、この男なら江戸の闇の世界を探るのに使えると踏んだのだ。

「おもしれえ」

話を聞いた喜十は、すぐに影目付として岩井の配下になることを承知した。喜十にすれば、岩井に助けられた命であり行く当てもなかったのだ。

その後、茂蔵の世話で多左衛門長屋に住むようになり、影目付のひとりとして動いていたのである。

喜十は前に立った職人らしい男の肩越しに、楢崎の足元に横たわっている死体に目をやった。大柄な武士で、羽織袴姿だった。右手に刀を持っている。何者かと、斬り合ったらしい。俯せになった武士の髷が乱れ、頭部がどす黒い血に染まっていた。

……やられたのは頭か。

喜十は、武士同士の斬り合いで殺されたのだろうと思った。

そのとき、楢崎が、そばにいた岡っ引きに、仰向けにしてみろ、と声をかけた。すぐに、ふたりの岡っ引きが死体の肩と足を持って仰臥《ぎようが》させた。

殺された男には顔がなかった。いや、顔はあったが、血まみれになっていたため、黒い血の塊《かたまり》のように見えたのだ。それに、額が割られて顔がくずれ、異様な黒い塊になっていた。

見たような刀傷だった。喜十は中山道を流れ歩いたとき、同じような刀傷を目にしたことがあった。それに、喜十が草鞋を脱いだ親分が、相手の用心棒に斬られた傷も同じものだった。

喜十は前に立っている男の脇へ出て、死体に近付いた。傷の様子をくわしく見ようと思ったのである。

男の額が割れ、傷口から頭骨が覗いていた。割れているのは額だけで、深く斬り下げられた傷ではなかった。

……鉢割り玄十郎だ！

まちがいない、と喜十は思った。渋谷玄十郎の遣う鉢割りと呼ばれる太刀で斬られた傷である。

喜十は念のため、三間ほど離れた路傍に横たわっている別の武士の傷も見てみた。こちらは側頭部だが、似たような傷である。

……ふたりとも、渋谷に殺《や》られたにちげえねえ。

喜十は確信した。

渋谷は江戸に出てきているようだ。喜十を追って、江戸へ出てきたのであろうか。そんなはずはない。渋谷は気がむかなければ刀も抜かないし、一宿一飯の恩義などには動かない男なのだ。

おそらく、街道をさまよって博奕打ちや旅人を斬るのに倦《う》み、江戸へ流れてきたのであろう。そして、辻斬りでもして口を糊《のり》しているにちがいないのだ。

喜十が人垣の後ろへ下がると、茂蔵がそばに来て、

「万吉、そろそろ帰りましょうかね」

と、万吉に声をかけた。茂蔵はそうやって、喜十にこの場を離れるよう伝えたのである。喜十が大川端を日本橋方面にむかって歩きだすと、茂蔵と万吉が後ろからついてきた。そして、人垣から離れたところで、

「喜十、どうした、何か気付いたような顔をしていたが」

と、茂蔵が声をかけた。

近くに通行人の姿はなく、ふたりのやり取りを聞く者はいなかった。

「へい、殺されたふたりの刀傷に覚えがありやす」

喜十が声をひそめて言った。茂蔵は影目付のまとめ役であり、頭の岩井に次ぐ立場だったので、喜十は茂蔵を立てた物言いをした。

「刀傷にか」

「同じように額を割られた死骸《おろく》を見たことがありやしてね」

「どこで見た」

「あっしが、街道を流れ歩いていたころでさァ」

そう言って、喜十は中山道の宿場に巣くう博奕打ちの親分同士の喧嘩のおり、同じ刀傷を見たことを話し、

「斬ったのは渋谷玄十郎。街道筋では、鉢割り玄十郎と呼ばれていやした」

と、言い足した。ただ、自分が世話になった親分が斬られたことは、口にしなかった。

「渋谷玄十郎か。聞いた覚えはないが……」

このとき、茂蔵は、街道を流浪していた無頼牢人が江戸へ出て辻斬りを始めたのなら、影目付の出る幕ではないと思った。下手人を捕縛するのは、町方の仕事なのである。

6

風のない静かな月夜だった。渋谷はひとり大川端に立っていた。十日ほど前、ふたりの武士を斬った場所から二町ほど川下に歩いた川岸の樹陰である。そこに葉を落とした太い桜があり、その幹の陰に身を寄せていた。

源蔵の賭場で酒を飲んでいたのだが、鬱屈した思いが胸に充満し、たまらなく人を斬りたくなって出て来たのである。

五ツ（午後八時）ごろだった。ほとんど人影はなく、大川端はひっそりとしていた。ときおり、飄客《ひようかく》や夜鷹らしい女などが通ったが、そうした者を斬る気はしなかった。立ら向かってくる武士を斬りたかったのである。

渋谷がその場に立って小半刻《こはんとき》（三十分）ほどしたとき、新大橋のたもとちかくに提灯の明りが見えた。こちらに、近付いてくる。

渋谷は樹陰に身を隠したまま提灯が近付くのを待った。

……武士だ。

提灯の明りに、二刀を帯びた武士体の男が浮かび上がった。

ひとりである。中背で、羽織袴姿だった。ゆったりとした足取りで近付いてくる。

……こやつ、できる！

渋谷は武士の腕のほどを見てとった。

どっしりと腰が据わり、歩く姿にも隙《すき》がなかった。渋谷の胸が高鳴った。萎《な》えていた体を血が駆けめぐり、生気を取り戻したように感じられた。斬る相手が手練であればあるほど、高揚するのだ。

渋谷は樹陰から通りへ出ると、武士の行く手をふさぐように立った。

武士の足がとまった。提灯を高くかざして、前方に立った渋谷を見ている。ふたりの間合は、四間ほどだった。

「あらわれたな」

武士が言った。抑揚のない静かな声である。

四十がらみであろうか。眉の濃い、頤《おとがい》の張った男だった。渋谷が姿をあらわすのを予期していたような物言いだった。

「立ち合いを所望」

そう言って、渋谷が右手を刀の柄《つか》に伸ばした。

そのときだった。渋谷は大名屋敷の築地塀に人の気配を感じた。だれか来る。つづいて、塀際の闇溜《だ》まりのなかを疾走する足音が聞こえた。

「ひとりではないのか」

渋谷は後じさり、川岸近くに身を寄せた。背後からの奇襲を恐れたのである。

塀際の闇溜まりから、ふたつの人影が通りにあらわれた。ふたりとも武士だった。それぞれ闇に溶ける茶や黒の羽織と袴を身につけていた。

渋谷は提灯の明りに目を奪われていたこともあって、闇伝いに来たふたりの姿に気付かなかったのだ。

ふたりの武士は、渋谷の左右にまわり込んできた。ただ者ではない。ひとりは、中背で痩せていたが、胸が厚く腰がどっしりとしていた。長年の激しい武芸の修行で鍛えた体であることが見て取れた。もうひとりは小柄だったが、手足が太く、いかにも敏捷そうだった。ふたりとも腰が据わり、身辺に相手を威圧するような剣気をただよわせていた。剣の手練とみていい。

左右のふたりは、およそ三間の間合をとって立った。すぐに抜く気はないのか、両腕をだらりと下げたままだった。黙したまま、刺すような目で渋谷を見つめている。

「そろそろあらわれるころと思ってな。来てみたのだ」

前に立った武士が言った。その声には、旧友にでも話しかけるような親しみがあった。

「うぬら、何者だ」

渋谷が訊いた。通りすがりの者ではないようだ。渋谷がここに来ることを予想して来たようだが、町方ではないようだし、渋谷に恨みを持っている者でもなさそうだった。

「わしの名は室田《むろた》勘兵衛《かんべえ》。道場をひらいていたが、いまはおぬしと変わらぬ浪々の身だ。ところで、おぬしの名は」

「人斬り玄十郎。……鉢割り玄十郎とも呼ばれているがな」

「鉢割りか、言い得ておる」

室田が感心したように言った。

「それで、おれに何の用だ」

三人が自分を斬りに来たようには見えなかった。斬りに来たのなら、このような問答をする前に仕掛けてくるだろう。

「この近くで、武士をふたり斬ったな。その傷痕《きずあと》を見て、おぬしに会ってみたくなったのだ」

「…………」

「どうだな、わしらとともにその腕を生かしてみる気はないか」

そう言って、室田がすこし近付いてきた。

渋谷は刀の柄から手を離した。室田と左右の男から、殺気が消えていたのである。

「おれに何をやらせる気だ」

「江戸の闇に跳梁《ちょうりょう》する亡者どもを斬るのだ」

「亡者だと」

「そう、亡者どもだ」

「そやつら、何者なのだ」

「分からぬ。ただ、自ら亡者とか影目付と名乗り、江戸の闇の世界を支配している者たちだ」

室田が語気を強めて言った。双眸《そうぼう》が夜禽《やきん》のようにひかっている。

「そのような者が江戸にはいるのか」

「いる。ただ、亡者どもの名はむろんのこと、何人いるかもつかめておらぬ。いずれも腕が立つことはまちがいない」

「なぜ、おぬしたちが亡者と呼ばれる者たちを斬らねばならぬのだ」

「ひとつは、金のため。もうひとつは、わしらの将来のため」

「うむ……」

渋谷は金も将来もどうでもよかった。ただ、亡者と名乗る者たちには興味を持った。

「どうだ、わしらの仲間にくわわるか」

「おれに声をかけたのは、どういうわけだ」

渋谷が訊いた。室田をはじめ、他のふたりともまったく面識はなかった。

「おぬしは、もっと骨のある者を斬りたいのではないかと思ってな」

「断ったら」

「この場で、おぬしを斬る」

室田が当然のことのように言った。

「……………」

渋谷は、三人が立っている位置と斬り合いになったときの動きを素早く読んだ。

逃げるのはむずかしかった。三人は手練である。斬り合いになれば、三方から仕掛けてくるだろう。ひとりは斬れる。だが、ひとりを斬ると同時に敵刃をあびるだろう、と踏んだのだ。

ただ、渋谷は己の命が惜しいとは思わなかった。おたまを斬り、倉賀野宿を飛び出したときから死んだ身である。

「どうするな」

室田が訊いた。

「それで、酒は飲めるのか」

「好きなだけ飲んでいい」

「よかろう。亡者を斬るのもおもしろいかもしれん」

渋谷は、鉢割りの剣で亡者と呼ばれる者たちを斬ってみたいと思った。それに、賭場の用心棒は飽きていたのだ。

7

西陽が武家屋敷の折り重なる甍《いらか》の向こうに沈みかけていた。

そこは、愛宕下《あたごした》の車坂町である。通り沿いに並ぶ町家の先には、大名や大身《たいしん》の旗本の屋敷がつづいていた。

暮れ六ツ（午後六時）すこし前である。いま、その武家屋敷の向こうに西陽が沈もうとしていた。

三人の男が古刹《こさつ》の山門の脇に立っていた。そこは愛宕山の麓《ふもと》にあたり、寺院も多かったのだ。

三人の男は、渋谷玄十郎に、室田勘兵衛といっしょにいた関次郎太《せきじろうた》と田倉兵助《たくらひょうすけ》だった。関が中背で痩身、田倉が小柄な男である。なお、室田の姿はなかった。室田は、三人にまかせると言って、この場に姿を見せなかったのである。

やがて、暮れ六ツの鐘が鳴った。通り沿いの表店も店仕舞いするようで、大戸をしめる音があちこちから聞こえてきた。

それからいっときすると、山門のまわりの樹陰や物陰の夕闇が濃くなり、人通りもなくなった。ただ、西の空には血を流したような残照があり、通りは雀色時《すずめいろどき》の淡いひかりにつつまれていた。寺の杜《もり》に鴉《からす》が集まっているらしく、鳴き声や葉叢《はむら》を揺らす羽音が絶えず聞こえていた。

「まちがいなく、この道を通るのか」

渋谷が山門の前の通りに目をやりながら訊いた。

「通るはずだ」

関が、この先にふたりの住む町宿《ちょうしゅく》があると聞いている、と言い添えた。町宿は藩邸内に入りきれなくなった藩士が、町の借家などに居住することである。

「ふたりの腕はどうだ」

「そこそこ遣えるはずだ」

「なぜ、ふたりを斬る」

渋谷が訊いた。

「金のためだ。それに、亡者どもをおびき出すためもある」

関がそう言ったとき、通りに目をやっていた田倉が、

「おい、あのふたりではないか」

と、身を乗り出すようにして言った。

通りの先にふたつの人影が見えた。ふたりとも羽織袴姿で、二刀を帯びていた。ふたりは肩を並べて歩いてくる。従者らしき者はいなかった。

「おれが、ひとり斬ろう」

そう言って、渋谷が歩きだすと、

「待て」

関が前に出てとめた。

「久保《くぼ》と田代《たしろ》にまちがいないか、おれが確かめる。やるのはそれからだ。ふたりは、すこし

間をおいて来てくれ」

そう言い残し、関は足早に山門を後にして表通りへ出た。

十間ほど距離をおいて、渋谷と田倉も通りへ出た。

通り沿いの表店は店仕舞いし、どの店も大戸をしめていた。淡い暮色につつまれ、ひっそりと静まっている。遠方に職人ふうの人影があったが、後は渋谷たち三人と前方から来るふたりの武士の姿があるだけである。

先を歩いていた関が、ふたりの武士の前で足をとめ、

「卒爾《そつじ》ながら、久保どのと田代どのでござろうか」

と、ふたりの顔を見ながら訊いた。

「そうだが、そこもとは」

長身の武士が怪訝な顔をした。四十がらみであろうか、面長で目の細い男だった。もうひとりは、若い武士で血色のいい丸顔をしていた。

「やはり、そうでござったか」

そう言って、関が片手を上げた。後ろにいるふたりに、まちがいないとの合図を送ったのである。

渋谷と田倉は、すぐに走りだした。

「われらに、何か用があるのか」

長身の武士が気色《けしき》ばんで訊いた。背後から走り寄る渋谷と田倉の姿を見て、ただならぬものを感じたのであろう。

「おふたりの命をいただきたい」

言いざま、いきなり関が抜刀した。

「な、なに！　うぬら、何者だ」

長身の武士が、声を震わせて誰何した。若い武士は驚愕《きょうがく》に目を剝《む》いて、柄に右手を添えた。

関は無言のまま切っ先を長身の武士にむけた。切っ先を相手の目線につけている。どっしりとした隙のない構えである。

そこへ、渋谷と田倉が駆け寄ってきた。

「おれが、若いのを斬る」

言いざま渋谷は抜刀し、素早い動きで若い武士と対峙した。

田倉は長身の武士の左手にまわって、切っ先をむけている。

「お、おのれ、曲者《くせもの》！」

若い武士が抜刀した。

青眼に構え、切っ先を渋谷にむけた。そこそこ遣えるらしい。腰の据わった構えだが、剣《けん》尖《せん》に敵を威圧するだけの気魄《きはく》がなかった。それに、かすかに切っ先が揺れている。異常な気の昂りで、両肩に力が入り過ぎているのだ。

「若いの、行くぞ」

渋谷は左の拳が額につく、低い上段に構えた。鉢割りの太刀の構えである。つ、つ、と間合をつめていく。その不気味な風貌《ふうぼう》とあいまって、渋谷の構えには異様な迫力があった。

若い武士は渋谷の威圧に気圧《けお》され、腰が浮いている。

間境の手前で、渋谷が両拳をピクッと動かした。斬撃の色（気配）を見せたのである。その気配に、若い武士ははじかれたように斬り込んできた。

甲高い気合を発し、青眼から袈裟に。興奮と恐怖で体が硬くなり、斬撃に鋭さがなかった。

間髪をいれず、渋谷は脇へ体を寄せざま真っ向へ斬り込んだ。

にぶい骨音がし、若い武士の首がかしいだように見えた瞬間、額が割れ、血と悩漿が飛び散った。

若い武士はその場につっ立って一瞬動きをとめたが、すぐに腰からくだけるように倒れた。

つっ伏した若い武士は呻き声も洩らさなかった。いっとき、四肢を痙攣させていたが、すぐに動かなくなった。頭部から血の流れ落ちる音が聞こえるだけである。

渋谷は関と田倉の方に目をやった。ちょうど、長身の武士が関に斬り込むところだった。青眼から真っ向へ斬り込んだ長身の武士の斬撃を、関は撥ね上げざま体を右手にひらいて、胴を払った。抜き胴である。

ドスッ、というにぶい音がし、長身の武士の上体が折れたように前にかしいだ。長身の武士は、喉のつまったような呻き声を上げながら前に泳いだ。

すかさず、脇にいた田倉が踏み込み、刀身を一閃《いっせん》させた。

ガクリ、と長身の武士の首が前に垂れ、首根から血が驟雨《しゅうう》のように噴き出した。田倉の一撃が、喉皮だけを残して首を截断したのである。

長身の武士は、血を撒きながらその場に転倒した。

「長居は無用」

関が渋谷のそばに来て言った。

三人は刀身の血糊を拭って納刀すると、足早にその場から去った。路傍に残されたふたりの凄惨な死骸が、黒い紗幕《しゃまく》のような夕闇につつまれていく。

第二章　騙《かた》り

1

「佳之助《けいのすけ》、打ち込んでこい」

岩井勘四郎は木刀を佳之助にむけた。

佳之助は九歳。岩井家の嫡男である。まだ元服前で前髪姿だったが、袴の股だちを取り、白鉢巻という勇ましい格好で、木刀を握りしめている。

「はい」

佳之助は木刀を振り上げ、果敢に打ち込んできた。

岩井は半歩身を引きざま、額に打ちかかってきた佳之助の木刀をはじいた。勢いあまった佳之助はたたらを踏むように泳いだが、倒れずに踏みとどまり、反転してふたたび木刀を岩井にむけた。

顔が紅潮し、目がつり上がっている。佳之助は真剣そのものだった。

二月《ふたつき》ほど前に、佳之助は岩井家の屋敷から遠くない本郷にある沼田《ぬまた》道場に通い始めた。

道場主は沼田主膳《しゅぜん》。一刀流中西派である。沼田はすでに老齢だが、かくしゃくとして多くの門人を集めていた。岩井も子供のころから沼田道場に通い一刀流を身につけたのだ。その沼田道場に佳之助も入門したので、親子二代の門人ということになる。

佳之助は道場に通うようになってから稽古に熱心になり、今日も岩井が奥座敷で書見していると、木刀を手にして姿を見せ、剣術の稽古の相手をせがんだのである。

「いま、一手」

岩井が木刀を佳之助にむけると、

「父上、まいります」

と声を上げ、ふたたび真っ向へ打ち込んできた。

まだ、腰も定まらず、木刀に振りまわされているような何とも頼りない打ち込みだが、佳之助は夢中になっている。

それから小半刻（三十分）ほど、ふたりで木刀を打ち合ったとき、

「殿さま、殿さま」

小走りに近寄ってきた青木《あおき》孫八郎《まごはちろう》が、岩井に声をかけた。青木は岩井家に長く仕える初老の用人である。

「何かな」

岩井は木刀を下ろして訊いた。額にうっすらと汗が浮き、いくぶん声がはずんでいる。

「西田《にしだ》さまが、お見えでございます」

青木が目を細めて言った。皺《しわ》の浮いた丸顔の額に深い横皺が寄り、猿のような顔に見えた。

西田邦次郎《くにじろう》。老中松平伊豆守信明の用人だが、岩井家では京橋に住む小普請《こぶしん》の旗本で、岩井の碁《ご》仲間ということになっていた。

ただ、岩井は西田が影目付の任務のことで訪ねてきたことは承知していた。岩井は信明の命で、影目付の頭になったのである。

岩井は影目付の頭になる前は、家禄《かろく》千石で幕府の御目付の要職にあった。御目付は主に旗本を監察糾弾する役職である。

御目付だったころ、岩井が勘定吟味役の三島九兵衛《みしまきゅうべえ》の不正を察知し探索を始めると、これを察知した三島は多額の賄賂《まいない》を持参し岩井を籠絡《ろうらく》しようとした。

岩井がそれを拒否すると、三島は岩井を逆恨みし、逆上していきなり斬りつけてきた。咄嗟に抜き合わせた岩井は、はずみで三島の首を刎ねてしまった。

当初、岩井に対する処罰の沙汰《さた》はなかったが、三島の妹のお妙《たえ》が将軍家斉《いえなり》の寵愛《ちょうあい》を受けていた御中臈《おちゅうろう》に仕える御小姓《おこしょう》であったため、大奥から幕閣に働きかけがあり、岩井に対して切腹の沙汰があった。

その岩井を助けたのが信明である。信明は幕閣に手をまわすとともに家斉にもひそかに働きかけ、岩井の切腹の沙汰を取り下げた。そして、家禄を七百石に減じ、役儀召放《やくぎめしはなち》（御目付を罷免）ということで赦《ゆる》されたのである。

ただ、信明が岩井の命を助けたのには、それなりの理由があった。

信明は江戸の安寧《あんねい》を守るため、岩井に表舞台から身を引かせ、信明の命を受けて動く影目付として、町方や火付盗賊改《ひつけとうぞくあらため》が手を出せぬような犯罪を闇で始末させたかったのだ。くわえて、信明直属の隠密の色合いもある。

信明は岩井を自邸に呼び、

「今後、わしの政事《まつりごと》を支える影目付として動き、江戸市中の重大な犯罪や幕臣の腐敗を陰で探索し、糾弾してくれ」

と、有無を言わせぬ強い口調で言った。

その後、岩井は表向き七百石の小普請の旗本として暮らし、その実、影目付として闇の世界で生きてきたのである。

「佳之助、稽古のつづきは青木に頼もうかのう」

岩井が額の汗を手の甲で拭いながら言うと、

「そ、それがしが、佳之助さまのお相手ですか」

青木が、声をつまらせて言った。

青木もときおり佳之助に稽古をせがまれ相手をさせられていたが、初老ということもあって、剣術の稽古相手に辟易《へきえき》していたのだ。

「頼むぞ」

そう言って、岩井は手にしていた木刀を青木に握らせた。

「はァ……」

青木は困惑したように眉宇《びう》を寄せて、その場につっ立っていた。

岩井は佳之助と青木を庭に置いたまま座敷にもどると、妻の登勢《とせ》に手伝わせて着替えてから、客間の書院に足を運んだ。

「岩井さま、剣術の稽古をなさっていたとか」

西田が目を細めて言った。歳は四十がらみ、大柄で赤ら顔をしている。

「なに、子供の遊び相手だ」

岩井は西田と対座すると、そこもとと打つのも久し振りだな、と言って、碁を打つ真似《まね》をした。

「ぜひ、一局と思いまして」

「わしも、そろそろ誘いがあるかと心待ちにしていたのだ」

「平松《ひらまつ》さまも、楽しみになさっております」

西田が声を落として言った。

平松は松平を逆様にした名である。岩井家のなかで松平の名は口にできないので、平松の名を使っていたのだ。ふたりだけに通ずる名である。

「それで、対局はいつ」

「明日、七ツ（午後四時）ごろ」

「して、場所は」

「拙宅でと思っておるのですが。むろん、平松さまもお見えになります」

明日七ツまでに、松平家の上屋敷に来いという意味である。信明が直接岩井に会うらしい。おそらく、影目付に密命を下すのであろう。

「明日が楽しみですな」

岩井が笑みを浮かべて言った。

翌朝、岩井は供を連れずに、呉服橋を渡った先にある松平家上屋敷に出向いた。

2

「待たせたかな」

書院の襖《ふすま》があき、信明が姿を見せた。下城後に着替えたらしく、信明は小紋の小袖に袖無しというくつろいだ格好だった。

信明は老中主座の地位にあり、幕政の舵《かじ》を握っている男である。対座した信明はおだやかな顔をしていたが、岩井にむけられた双眸はするどく、幕府の重鎮らしい威厳が身辺にただよっていた。

岩井が時宜《じぎ》の挨拶を述べようとすると、挨拶はよい、と制し、

「ちかごろ気になることがあってな」

と言って、眉宇を寄せた。

「何か、伊豆守さまのお気持をわずらわせるようなことがございましたか」

岩井が訊いた。

「過日、旗本青田家の家士が、八丁堀川沿いの道で何者かに斬殺されたことは存じておるかな」

「噂は耳にしております」

岩井は影目付のつなぎ役でもある弥之助から報告を受けていた。

弥之助の話によると、青田家の家士重松植之助《しげまつうえのすけ》と中間の久助《きゅうすけ》が、本湊町《ほんみなとちょう》の料理屋、相模屋《さがみや》からの帰りに刀の鞘が触れ合ったことから何者かと諍いになり、斬殺されたという。ふたりの死体を見た茂蔵と弥之助が、その後事件のことを調べてその経緯《いきさつ》を岩井に伝えたのである。

「青田半兵衛《はんべえ》は納戸組頭だが、納戸頭、土屋五郎左衛門《つちやごろうざえもん》の側近の配下でもある」

「承知してございます」

御納戸頭の土屋は信明の息のかかった幕臣のひとりであった。岩井はくわしい事情は知らなかったが、御納戸方は将軍の手元にある衣服や調度品、金銀などの出納《すいとう》を掌《つかさど》り、大名旗本からの献上品や将軍の下賜《かし》する金銀衣類を扱うことから、信明と土屋とのつながりができたのであろう。

「それだけなら懸念することもないのだが、十日ほど前、今度は松谷《まったに》藩の家臣ふたりが、斬殺されたと聞く」

「駿河《するが》の松谷藩七万石にございますか」

岩井はその話も弥之助から聞いていた。ただし、松谷藩の家臣ふたりが何者かに斬られたということだけで、斬られた藩士の名も知らなかった。それというのも、影目付のかかわるような事件ではないと見たからである。当然、弥之助や茂蔵も、噂を耳にしただけで探索はしていないだろう。

「そうじゃ」

「松谷藩の家中《かちゅう》の者がふたり、斬られたことは耳にしておりますが、伊豆守さまのご懸念はどのようなことでございましょうか」

松谷藩七万石は外様《とざま》大名だった。それほど幕府に影響力を持っている大名ではないはずだ。それに、家臣がふたり斬られたことが、信明とどうつながるのか、岩井には分からなかった。

「そちは知るまいが、松谷藩主の相模《さがみ》どのに、わしと縁戚のある者が輿入《こしい》れしておるのじゃ。

そうしたかかわりでな、相模どのは何かことあると、わしに相談に来るのじゃ」

松谷藩主の名は加藤相模守重盛《かとうさがみのかみしげもり》で、まだ若い藩主である。

「さようでございますか」

信明と松谷藩主のつながりは分かった。ただ、松谷藩の家臣がふたり斬られたからといって、老中である信明が懸念することはないはずだ。

「そちが腑《ふ》に落ちぬのは、当然だな。……わしが懸念しているのは、わしにかかわりのある旗本と大名家の家臣が斬られたことではないのだ」

「ご懸念は、どのようなことでございましょうか」

岩井は信明に顔をむけて訊いた。

「土屋も相模どのも何も言わぬが、わしの耳にな、家臣が殺された青田家と松谷藩は、何者かに金を強要されているらしいとの噂が入っておるのだ」

信明が岩井の方へ上体を倒し、声をひそめて言った。

「金を強要……」

岩井は驚いた。まったく予想しなかったことだ。

「両家の弱みにつけ込んで、高額を要求しているらしい」

信明が、御留守居役から耳にしたことを言い添えた。松平家の江戸御留守居役は他の大名家の御留守居役や大身の旗本と頻繁に接触し、情報収集に努めていた。そうしたなかで得た情報なのであろう。

「それだけなら、まだわしが懸念することはないがな。どうも、事件の裏で出羽《でわ》や板倉《いたくら》が動いているような気がしてならぬのだ」

そう言った信明の顔を、憂慮の翳《かげ》がつつんだ。

「出羽守さまが！」

水野《みずの》出羽守《でわのかみ》忠成《ただあきら》は、若年寄である。身分は信明の下だが、信明に敵対する幕閣の旗頭的存在であった。それというのも、忠成は巧みに将軍家斉に取り入りその寵愛《ちょうあい》を一身に集め、近年急速に勢力を強めていた。そして、信明を執政の座から追放せんと、事あるごとに信明の失脚を画策していたのである。

一方、板倉重利《しげとし》は忠成の懐刀で、現在御側衆《おそばしゅう》の要職にあった。御側衆は将軍に近侍する役で、忠成の意向を汲《く》んで将軍に言上《ごんじょう》することが多かったのだ。

「伊豆守さま、出羽守さまや板倉さまが動いている兆しが、ございましょうか」

岩井は、信明が勘だけで忠成と板倉の名を口にしたとは思えなかったのだ。

「何者が、松谷藩や青田家に金を出させようとしているかは分からぬ。だがな、旗本や大名家に金を強要するような種は、相応の身分のある幕閣からでなければ出てくるまい。しかも、松谷藩と青田家はわしと何らかのかかわりがあり、事件の進展によってはわしへも累が及びかねない。そう考えると、まず頭に浮かぶのは、出羽と板倉なのだ」

「いかさま」

岩井は、信明の懸念が分かった。ただ、松谷藩や青田家が何を種に金を強要されているのか、金を出させようとしているのは何者なのか、それが判明しないうちは信明にまで累の及ぶような事件なのかどうかは分からない。

「いずれにしろ、町方や目付にまかせるわけにはいかぬ。そらたち、影目付の手で始末してくれ」

信明が語気を強くして言った。

「承知しました」

岩井は頭を下げた。

「それにしても、出羽は執拗《しつよう》な男だな」

信明が渋い顔で言った。これまでも、忠成は板倉とともに信明の失脚を謀《はか》って、様々な手を打ってきたのである。

「これから先も何が起こるか分からぬ。幕閣は魑魅魍魎《ちみもうりよう》の跋扈《ばつこ》する伏魔殿《ふくまでん》だからのう」

そう言って信明は苦笑いを浮かべ、背筋を伸ばして手をたたいた。

いっときすると廊下をせわしそうに歩く足音がし、襖があいて西田があらわれた。大事そうに袱紗《ふくさ》包みをかかえている。

西田は袱紗包みを恭《うやうや》しく信明の膝先《ひざさき》に置くと、無言のまま座敷から出ていった。

「これは、いつもの手当てだ」

信明は袱紗包みをそのまま岩井の膝先に押し出した。

袱紗包みのなかには、切餅《きりもち》が入っているはずである。いつものように三百両つつんであるようだ。この金は影目付の軍資金であり、配下の者たちの暮らしの糧でもあった。

「頂戴《ちょうだい》いたします」

岩井は袱紗包みに手を伸ばした。

3

京橋、水谷町にある亀田屋は、三方を板塀でかこまれていた。ただ、隣の店との間に細い路地があり、路地をたどって裏手にまわると枝折り戸《しおど》があって、そこからも出入りできるようになっていた。

亀田屋の店舗の裏手には離れがあった。枝折り戸から敷地内に入ると、奉公人に見咎められずに離れへ出入りできる。その離れが影目付たちの密会場所であった。

いま、離れの座敷に六人の人影があった。岩井、茂蔵、弥之助、喜十、宇田川左近《うだがわさこん》、それにお蘭《らん》である。

宇田川左近は三十代半ば、総髪の牢人である。面長の端整な顔立ちをしているが、その顔には憂いを含んだ翳が張り付いている。他の影目付と同様、左近にも暗い過去があったのだ。

左近は影目付になる前は御家人だった。百俵五人扶持《ぶち》の御徒《おかち》目付である。

そのころ左近にはお雪《ゆき》という許嫁《いいなずけ》がいたが、このお雪に御徒目付を支配する組頭の嫡男が横恋慕した。

嫡男は傲慢《ごうまん》な男で組頭の権力を笠《かさ》に着て、強引にお雪を嫁に欲しいと言いだした。そして、お雪を近所の寺に呼び出し、体を奪ってしまったのである。

すでに左近と情を通じていたお雪は、左近といっしょになれないことを悲観し、大川に身を投げた。

このことが原因で左近は嫡男を斬ってしまい、改易の沙汰が下された。

幕臣の座を追われた左近は、隠居していた父と妹を連れて長屋暮らしを始めたが、困窮のなかで妹が病死し、父親は己の悲運を嘆きながら皺腹を掻き切って果てた。すでに母は病死していたので、左近はひとりだけこの世に残された。

……ひとり、生き長らえても詮方《せんかた》ない。

左近はそう思い、父と妹、それにお雪の名を記した位牌《いはい》の前で、腹を切ろうと思った。

そのとき、岩井が姿を見せ、

「今後はわれらとともに生き、影目付として闇に棲《す》む悪人どもを斬るがよい」

そう言って、影目付のひとりにくわえたのだ。

左近は神道無念《しんとうむねん》流の達人であった。その左近の腕を惜しんだ岩井は、影目付として生きる道を勧めたのである。

お蘭も影目付のひとりであった。ただ、影目付としては異質な存在だった。お蘭はただの芸者で、武術は何も身につけていなかった。特殊な技能や能力があったわりでもない。

お蘭は牧野《まきの》慎左衛門《しんざえもん》という手跡指南をしていた牢人の娘で、母親が病死したため父と娘のふたりだけで暮らしていた。お蘭が十六のとき、父親が病で倒れたため、その薬代を得るために柳橋で芸者をするようになった。

岩井は客としてお蘭と知り合い、その境遇に同情して牧野が快復するよう援助してやった。ところが、お蘭が尽くした甲斐《かい》もなく父親は病死してしまった。

孤独の身となったお蘭はそのまま芸者をつづけ、岩井は客として接していた。お蘭は父親を失ったこともあり、岩井に対して肉親のような情愛を示すようになった。

そんなおり、岩井は影目付として、柳橋の料理屋に出入りしている旗本の身辺を調べるため、お蘭に話を聞いたことがあった。そのお蘭の情報により、岩井は旗本のかかわった事件をうまく始末することができた。その後、岩井は柳橋界隈《かいわい》の料理屋や料理茶屋などで情報を集めるとき、お蘭に頼むようになったのである。

したがって、お蘭は影目付といっても、探索や討伐にかかわるわけではなかった。柳橋、浅草、本所などの花街で芸者をしながら噂に耳をかたむけ、探索する相手の情報を集めるだけなのである。

「伊豆守さまのお指図だ」

そう言って、岩井は信明から指示されたことを、五人に話した。

「われらは、どう動けばよろしいでしょうか」

茂蔵が訊いた。

「そうよな、まずは青田家と松谷藩の内情を探らねばならぬが」

そう言って、岩井はいっとき黙考してから、

「なにゆえ、家臣が斬られたのか。それに、金を強要している者たちをつかまねばならぬな」

と、低い声で言い添えた。

「出羽守さまや板倉さまが、陰で指図していると見てよろしいのでしょうか」

茂蔵をはじめ影目付の者たちも、忠成と板倉が信明と敵対する幕閣の旗頭であることは承知していた。

「まだ、はっきりしたことは分からぬ。おいおい見えてこよう」

岩井は、まだ予断を持たずに事件を探ることが肝要だと思っていた。

「お頭、大川端でも侍が斬られやしたが、その話は出ませんでしたかい」

喜十が訊いた。喜十だけは、岩井に対しても伝法《でんぽう》な物言いだった。

「出なかったが、何か気になることでもあるのか」

岩井が喜十に視線をむけた。

「いえ、下手人はあっしの知ってる男らしいんでね」

喜十は、斬殺されていた男の刀傷と鉢割り玄十郎こと渋谷玄十郎のことを話した。

「渋谷玄十郎とな」

岩井は初めて聞く名だった。

「人斬り玄十郎とも呼ばれていやした」

「うむ……」

「ただの辻斬りで、あっしらとはかかわりがねえかもしれやせん」

「いずれにしろ、青田家と松谷藩を探れば、渋谷なる者がかかわっているかどうかも見えてこよう」

「では、わたしと左近さまで青田家を」

茂蔵がそう言って、傍《かたわ》らに座している左近に目をむけた。

左近はほとんど表情を動かさなかった。無言のままちいさくうなずいただけである。

「てまえと喜十とで、松谷藩を」

弥之助が言った。

「そうしてくれ」

岩井はしばらく四人にまかせようと思った。

「旦那、あたしは何をすればいいんです」

お蘭が不服そうな顔をして訊いた。

「お蘭には、様子が知れてきたらあらためて頼むが、とりあえず青田家と松谷藩にかかわる客が来たら話を聞き込んでくれ」

「分かったよ」

お蘭がうなずいた。

「では、いつもの手当てだ」

岩井は用意した袱紗包みを懐から取り出し、信明からの金を五人に分けた。

「わたしどもは、これで」

そう言って茂蔵が金を懐にすると、左近、弥之助、喜十の三人が立ち上がった。続いて、茂蔵とお蘭が立ち上がると、

「お蘭、途中まで送ろう」

と言って、岩井も腰を上げた。

すでに、暮れ六ツ（午後六時）過ぎ、町筋は濃い暮色につつまれているはずだった。岩井

はお蘭をひとりで帰すのは危険だと思ったのである。

4

喜十と弥之助は、愛宕下の車坂町に来ていた。まず、松谷藩士ふたりが斬られた現場で、話を聞いてみようと思ったのである。

弥之助は黒の半纏に紺の股引、船頭とも大工とも見える格好をしてきていた。喜十は棒縞《ぼうじま》の着物を尻っ端折《ぱしょ》りし、膝に継当てのある股引を穿《は》いていた。うだつの上がらない職人か、ぼてふりのように見える。

八ツ半（午後三時）ごろだった。愛宕山の麓近くの通りには、ぽつぽつと人影があった。町人に交じって、供連れの武士の姿が目につく。愛宕下は大名小路と呼ばれる通りがあるほど大名屋敷が集まっており、藩邸に居住する家臣たちの姿が多いのだ。

「喜十、ふたりで雁首《がんくび》をそろえて歩きまわることもねえな」

弥之助が路傍に足をとめて言った。弥之助は岩井と話すとき以外は、身装《みなり》に合わせて町人言葉を遣う。

「まったくだ」

ふたりは、近くにあった常光寺《じょうこうじ》という古刹の山門で、暮れ六ツ（午後六時）ごろ会うことを約し、その場で別れた。

喜十は町筋を歩きながら軒先に酒林《さかばやし》をつるした酒屋を見つけ、話を聞いてみることにした。店先の長床几《ながしょうぎ》に腰を下ろし、酒を飲んでいる中間ふうのふたり連れを目にしたからである。

「ちょいと、訊きてえことがありやしてね」

そう言って、喜十は色の浅黒い丸顔の男の脇に腰を下ろした。

「なんでえ、おめえは」

丸顔の男が気色ばんだ。脇にいたもうひとりの顎のとがった男も、顔をこわばらせている。

「喜八《きはち》といいやす。一杯やってるところを、邪魔してすまねえ」

そう言うと、喜十は巾着《きんちゃく》を取り出し、波銭を五、六枚つかみ出して、丸顔の男の袖に落としてやった。波銭は四文銭なので、二十文か二十四文ということになる。

喜八は咄嗟に頭に浮かんだ偽名である。

「何が訊きてえ」

丸顔の顔が急になごんだ。喜十が下手《したて》に出たのと袖の下が利いたらしい。

「この近くで、お侍がふたり斬られたって聞いたが、ほんとのことかい」

「ほんとだよ。……おめえ、町方かい」

丸顔の顔が訝《いぶか》しそうな顔をして訊いた。喜十の身装から見て、岡っ引きとは思わなかったのだろう。

「町方じゃァねえが、そのお侍が、松谷藩のご家中の方だと聞いたもんでね。ちょいと、松谷藩のお屋敷で奉公したことがあるのよ」

喜十は適当に言いつくろった。

「中間奉公かい」

「まァ、そうだ」

「それで、何が訊きてえ」

丸顔の男が猪口《ちょこ》を手にしたまま訊いた。声に、苛立ったようなひびきがある。

「殺られたのは、まちがいなく松谷藩のご家臣かい」

「そうらしいよ」

「ふたりの名が分かりやすかい」

「名は知らねえ」

「下手人は、辻斬りかな」

「さァな、町方が来るには来たが、すぐ引き上げちまったぜ。なにせ、大名家の家来だからな。町方も手が出せねえや」

丸顔の男がそう言うと、脇で聞いていた顎のとがった男は、

「おれはよ、ちょうど通りかかって、ふたりの死骸《おろく》を見たが、ひでえもんだったぜ」

そう言って、顔をしかめた。

「刀傷かい」

「そうらしい。頭を割られていてな、目も鼻もどこにあるか分からねえのよ。血まみれで、泥の塊みてえだったぜ」

「頭を割られていただと！」

そのとき、喜十の脳裏に鉢割り玄十郎のことがよぎった。斬ったのは渋谷かもしれない。頭を割るという特異な刀法は、だれでも遣えるというものではないのだ。

「それで、ふたりとも頭をやられてたのか」

「ひとりは腹と首だ」

顎のとがった男は怖気《おぞけ》をふるうように肩をすぼめ、死骸の腹から臓腑が覗き、喉皮だけで首がつながっていたことを話した。

「ひでえ、死骸《おろく》だな」

喜十は、腹と首を斬ったのは渋谷ではないと察知した。となると、下手人はふたり以上いたことになりそうだ。

それから喜十は、斬殺されたふたりのことや松谷藩のことを訊いたが、探索に役立つような話は聞けなかった。

喜十は、さらに近所の米屋と桶屋に立ち寄って話を訊いたが、殺されたふたりの名が田代又右衛門《またえもん》と久保助太郎《すけたろう》であることの他に新たな情報は得られなかった。

近くの寺で打つ暮れ六ツの鐘の音を聞き、急いで常光寺の山門へ行くと、弥之助が待っていた。

「すまねえ、遅れちまったぜ」

喜十は慌てて走り寄った。

「歩きながら話そう」

そう言って、弥之助が表通りの方へ歩きだした。

ふたりは大名屋敷のつづく通りを抜け、東海道へ出て京橋へむかった。道々、ふたりは聞き込んだ内容を話した。

喜十は斬殺されたふたりの名を伝え、さらに死骸の刀傷の様子を話してから、

「おれは、下手人のなかに渋谷玄十郎もいたとみてるんだがな」

と、目をひからせて言った。

「そうかもしれねえ。……おれの方は、ふたりの身分を聞き込んだぜ」

弥之助によると、田代が側役で久保が御使番だという。

松谷藩の場合、側役は藩主に近侍して雑用を果たす役で、御使番は使者役だが、ときには御留守居役の従者として供につくという。

「それで、下手人の目星は」

喜十が訊いた。

「分からねえ」

「田代と久保が殺されたわけも分からねえんだな」

「そうだ。それに、松谷藩から金を脅し取ろうとしているやつらもな」

弥之助が、探り出すのはこれからだよ、と言い添えた。

「おれは、渋谷を洗ってみてえんだがな。田代と久保を殺ったやつらのなかに、やつがいるとみてまちげえねえんだ」

喜十には、渋谷を斬って、世話になった親分の敵《かたき》を討ちたい思いがあったのだ。それで、渋谷の所在をつかみ、松谷藩から金を騙《だま》し取ろうとしている一味とのかかわりを洗い出すのは自分の仕事だろうと思ったのである。

「やってくれ。おれは、松谷藩の屋敷に忍び込んでみる」

弥之助が虚空を睨むように見すえながら言った。

5

古い道場だった。しばらく掃除してないと見え、床板には白く埃《ほこり》が積もっていた。隅の方には、破損して床が落ちている箇所もある。

板戸は隙間だらけで、寒風が流れ込んでいた。板壁には木刀や竹刀《しない》がかかっていたが、数本だけで、竹刀のなかには割り竹が折れているものもあった。ここ何年か、稽古はしていないようである。

直心影流《じきしんかげ》の室田道場である。その道場の床に、五人の男が座っていた。男たちの前には、酒の入った貧乏徳利と湯飲みが置いてあった。

座の中心に座っているのが道場主の室田勘兵衛、その両脇に関次郎太と田倉兵助、渋谷玄十郎はすこし離れて柱に背をあずけていた。

もうひとり千熊小次郎《ちくまこじろう》という御家人がいた。千熊は三十代半ば、丸顔で目が細く、いつも笑っているような顔をしていた。千熊は室田の正面に座り、見え透いたお愛想を言いながら、しきりに貧乏徳利の酒を一座の男についでいる。

なお、関が室田道場の師範代で、田倉は門弟だという。もっとも、他に門弟はいないし剣術の稽古もしていないので、以前はそうだったということであろう。

渋谷はこの道場に来るのは二度目で、室田の仲間と酒を飲むのは初めてだった。

「これで、松谷藩も震え上がっただろう。明日は、わしと関、それに千熊どので、十分だな」

そう言って、室田が機嫌よさそうに目を細めた。

「おとなしく、金を出しましょうか。留守居役の荒木《あらき》はなかなかの狸《たぬき》ですからな」

千熊が、貧乏徳利で室田の湯飲みに酒をつぎながら言った。

荒木庄右衛門《しょうえもん》は、松谷藩の御留守居役だった。

「なに、同行した田代と久保を始末されて、荒木は青くなっているだろう。何とか金を都合しようと、家老に泣き付くだろうよ」

室田は湯飲みを口に運び、ゆっくりとかたむけた。

渋谷たちが斬った田代と久保は、荒木が談判の場に同行させた者だった。室田たちは松谷藩の弱味につけ込んで、金を騙し取ろうとしていたのである。

「青田家のこともありますからな」

千熊が細い目をさらに細くして言った。

すでに、室田たちは青田家から五百両の金を脅し取っていたのだ。当初、金を出すのを拒んでいた当主の青田も、家士の重松と中間の久助が殺されたことで、室田たちの要求に応じて金を出したのである。

「それで、町方の動きはどうですかな」

千熊が声をあらためて訊いた。

「八丁堀も火盗改《かとうあらため》も動いてないようです。なにせ、青田家も松谷藩も表沙汰にならぬよう蓋《ふた》をしてますから」

関が口元にうす笑いを浮かべて言った。

「わしらの狙いどおりだな。……それで、公儀の目付筋はどうだ」

「いまのところ、その気配はないようです」

関が答えた。

「となると、そのうち、亡者どもが姿を見せるぞ」

「あらわれますか」

千熊が身を乗り出すようにして訊いた。

「あらわれなければ、さらに何人か斬ればよい。われらの狙いは金と亡者狩りだ。そうでなければ、わしらは盗人《ぬすっと》や金目当ての騙《かた》り者と変わらんからな」

室田が四人の男たちに視線をまわしながら言った。

「室田どの、それで、御前さまとちかごろ会いましたか」

千熊が愛想笑いを浮かべながら訊いた。

「三日前に、お会いした」

「それで、われらのことをどのように仰《おお》せでございました」

千熊が勢い込んで訊いた。

「千熊どの、案ずることはないぞ。御前さまはわれらとの約定《やくじょう》をたがえるようなことはござらぬ。われらの望みどおり、旗本でもよいし他藩の剣術指南役に推挙してもよいと仰せられていた」

「おお、それは何より」

千熊は声を上げ、満面に笑みを浮かべた。関と田倉もほっとした表情を浮かべている。

「それに、松谷藩の次に狙う相手のことも聞いてきた」

「今度は旗本でござるか」

「いや、商人だ」

「商人」

千熊が怪訝な顔をした。

「行徳河岸《ぎょうとくがし》の太田屋《おおたや》をご存じかな」

「廻船《かいせん》問屋の」

「さよう、廻船問屋の大店《おおだな》でな、財力は数十万石の大名にも匹敵すると言われている。大名も何家か、太田屋の世話になっているはずだ」

「太田屋から金を出させるつもりか」

「そのために、御前さまからおもしろい話を聞き込んでいるのでな。……三千両はかたいぞ」

　室田が目をひからせて言った。

「さ、三千両……」

　千熊が声をつまらせた。

「太田屋なら、そのくらいの金は出す」

　そう言うと、室田は脇に座している関に、

「辰次《たつじ》に太田屋を探っておくよう伝えておいてくれ」

　と、言い添えた。

「承知しました」

　関が低い声で答えた。

　それから、室田たちは松谷藩や太田屋のこと、それに自分たちの将来のことなどを話しながら酒を酌み交わした。

ただ、渋谷だけは話にくわわらず、柱に背をもたせかけて手酌で飲んでいた。金にも己の将来にも関心はなかったのである。

半刻（一時間）ほどしたとき、渋谷は刀を手にして立ち上がった。こうした酒盛りの座に倦んだのである。

「どこへ行くな」

室田が訊いた。

「夜風に当たってくるだけだ」

そう言い残し、渋谷が戸口の方へ歩きかけると、千熊が、それがしも引き上げよう、と言って立ち上がった。

6

渋谷は千熊にはかまわず、戸口から外へ出た。すると、千熊が慌てて追いかけてきて、渋谷の後についてきた。

屋外は、満天の星空だった。風はなかったが、大気が冷えて酒に火照った肌に染みるようだった。

渋谷は無言のまま神田川の方へ歩いた。室田道場は神田小柳町にあったので、神田川まですぐだった。神田川沿いの柳原通りを歩き、夜風に当たりたかったのである。

「どこへ、行かれますな」

千熊が低い声で訊いた。

辺りが夜陰につつまれていたせいか、千熊の顔から愛想笑いが消えていた。道場にいたときと顔を豹変《ひょうへん》させている。細い目が蛇のようにうすくひかり、口元がゆがんでいた。人のよさそうな丸顔が、不気味に見える。

……これが、この男の顔だな。

と、渋谷は思った。

渋谷は、千熊が室田たちに対して己を卑下したような物言いをし、軽薄そうな態度を取ることが多いが、その実なかなかの策士であることを感じ取っていた。それに、剣の腕もいいはずだ。胸が厚く、腰が据わっていることから見ても、武芸の修行で鍛えた体であることが分かる。

「そこらを歩いてくるだけだ」

渋谷は無愛想に言った。

「それがしの家は、深川です。途中まで、同道しましょう」

そう言って、千熊は勝手に肩を並べて歩きだした。

ふたりは小体な店が軒を連ねる路地を抜け、柳原通りに出た。

日中は道沿いに床店《とこみせ》の古着屋が軒を連ね、人出も多いのだが、いまはほとんど人影はない。ときおり、柳橋辺りで飲んだらしい酔客や夜鷹が通ったりするだけである。

「渋谷どの、家族は」

歩きながら、千熊が訊いた。

「さて、どこかで生きているかもしれんが……」

渋谷は感情のこもらない声で他人事《ひとごと》のように言った。

倉賀野宿を飛び出し、中山道をさまよっているとき、渋谷を剣術道場に通わせてくれた父は病死したと聞いていた。母親や兄がその後どうなったかは知らないが、特別なことがなければ兄が嫁をもらって家を継いでいるはずである。

ただ、渋谷は家のことにはあまり関心がなかった。すでに、自分は死んだ身であり、郷里の母や兄もそう思っているはずなのだ。

「おれには女房と老いた母親がいる。……一昨年な、七つになった倅が風邪《かぜ》をこじらせて死んだのだ。薬も買ってやれなかったよ。御家人といっても名ばかりでな、十五俵二人扶持では、めしを食うのもままならぬのだ」

千熊は顔をゆがめてしゃべった。

渋谷は黙って聞いていた。千熊の家族や暮らしぶりなど、まったく関心がなかった。

「道場にいた室田どのとふたりの門弟も、似たようなものなのだ。三年ほど前までは、室田道場にもそこそこ門弟がいてな、何とか食うことができたようだが、いまは騙りか強請《ゆすり》でもやらねば生きてはいけぬ。……若いころは、何とか剣で身を立てようと稽古に励んだようだが、剣など何の役にも立たぬ。賄賂とお追従《ついしょう》が出世の道だからな」

室田は妻も娶《めと》らず、道場につづく母屋で独り暮らしをつづけているという。

「おぬしは、室田どのとどこで知り合ったのだ」

渋谷は、千熊が室田道場の門弟だったとは思えなかった。

「おれの姉が、関の女房なのさ。もっとも、姉も病死してしまったがな」

千熊によると、関も貧乏御家人の冷や飯食いで、いまは借家で独り暮らしをしているという。

もうひとりの門弟、田倉は牢人の子に生まれ、すでに父母は他界したので、室田道場に寄宿し、下働きのような仕事もしているそうである。

「おれは、どんなことをしても旗本になるつもりだ。騙りでも強請でも人殺しでも、何でもやる。倅の薬も買ってやれないような身では、生きていても仕方ないからな」

千熊は前方の闇を睨むように見すえて言った。

「…………」

どうやら、千熊は旗本になることが望みで、室田たちに与《くみ》したようだ。

「それで、おぬしの目的は何だ。金か」

千熊が訊いた。

「おれは、人を斬りたいだけだ。気が変われば、室田どのたちも斬るかもしれんぞ。おぬしもな」

「おい、馬鹿なことを言うな。……おぬしがそう言うと、冗談には聞こえんぞ」

千熊が胴震いしてみせた。

「ところで、御前さまとは何者なのだ」

室田たちの話にときおり出てきたが、渋谷はあえて訊きもしなかったのだ。

「名は分からぬ。室田どのは知っているようだが、口にせんのでな。ただ、幕閣の実力者の腹心らしい。物言いからみて、身分のある旗本のようだ。おれも会ったのは一度だけでな。しかも、頭巾で顔を隠していたので、顔も見ておらんのだ」

「大名の指南役や旗本に推挙するというが、そんなことができるのか」

渋谷が訊いた。これまで、室田の話を半信半疑に聞いていたのだ。

「できる。何者かは知れぬが、御前さまとつながっているのは、幕政を動かすような大物らしいのだ」

千熊の声には昂ったひびきがあった。どうやら、千熊は信じているようだ。御前さまと呼ばれる男には、千熊を信じさせるだけのものがあるのだろう。

「おれたちの敵らしいが、亡者というのは」

「老中、松平伊豆守の手飼いの者たちで、影目付と呼ばれているらしい」

「老中だと」

渋谷の足がとまった。めずらしく、顔に驚きの表情が浮いている。

まさか、背後に老中がいるとは思わなかったのだ。それに、老中松平伊豆守の手飼いの者となれば、強力な敵であろう。街道筋に巣くう親分や無頼牢人を相手にするのとは、わけがちがうようだ。

「影目付も、おれたちとそう変わらぬはずだ。いずれも家を滅ぼし、この世から身を捨てた者たちのようだからな。それゆえ、みずから亡者と名乗っているらしい」

「うむ……」

おれも似たようなものだ、と渋谷は思った。己も死んだ身なのである。

「おぬしは、亡者ではなく幽鬼のようだぞ。亡者どもも恐れをなして、姿を見せぬかもしれんな」

千熊が渋谷に顔をむけて言った。

「おれが幽鬼なら、おぬしは何だ」

「おれか。さしずめ、出世と金の亡者だな」

そう言って、千熊は口元に自嘲《じちょう》するような嗤《わら》いを浮かべた。

「亡者と幽鬼か」

「江戸の闇には、亡者や鬼が跳梁してるのさ」

「おもしろい。街道筋の雑魚《ざこ》より、亡者の方が斬りごたえがありそうだ」

渋谷は、つぶやくような声で言って歩きだした。

7

「村上《むらかみ》さま、まずは一献」

茂蔵は笑みを浮かべて銚子《ちょうし》を取った。

水谷町にある料理屋、菊水屋《きくすいや》の二階の座敷である。酒肴《しゅこう》の膳を前にして座しているのは茂蔵、村上繁助《しげすけ》、それに村上に同行した柴田《しばた》という若党である。村上は、神田小川町に屋敷のある御納戸組頭、瀬戸《せと》蔵之助《くらのすけ》の用人だった。

村上は五十代半ば、鬢や髷に白髪の目立つ小柄な武士である。

茂蔵はその後の聞き込みで、八丁堀川沿いで殺された青田家の家士の重松は、相模屋で武士体の男ふたりと会っていたことをつかんだ。そこで、青田と同じ御納戸組頭である瀬戸家の用人の村上から話を訊けば、重松が相模屋で会っていた相手を知る手がかりが得られるのではないかと思ったのである。

幸いなことに、茂蔵は献上品や贈答品の売買を通じて、村上と面識があった。亀田屋で旗本や御家人の献上品や贈答品を扱っている関係から、茂蔵は村上のような用人と接触する機会があったのだ。

茂蔵は探索のおり、商売上付き合いのある旗本の用人や家士から聞き込むことが度々《たびたび》あった。そのために、献残屋の主人に収まっているといってもいい。

「亀田屋、すまんな。わしのような者にまで馳走《ちそう》して、商売になるのか」

村上の顔に媚《こ》びるような表情があった。瀬戸家が献残屋から買い求める品などたかが知れている。村上にすれば、料理屋で馳走になるような立場ではないという思いがあるのだろう。

「いえいえ、瀬戸さまには、いい商いをさせていただいております。それに、今夜、村上さまをお招きしたのは、日頃の商売のお礼もございますが、他に魂胆がありましてね」

茂蔵は満面に笑みを浮かべて言った。

「おい、魂胆とは何だ。脅かさんでくれ」

村上は皺の目立つ顔の額に縦皺を寄せ、困ったような顔をしてみせた。

「たいしたことではございませんが、御納戸方ともなれば、何かと進物も多うございましょう。できれば、他の御納戸方のお屋敷の贈答品のお噂やご用人さまのお名前だけでも、教えていただければと存じましてね」

茂蔵はそう切り出した。御納戸方の贈答品などたかが知れていることは分かっていたが、狙いは重松が会っていた相手と青田家の内情を聞き出すことにあったのだ。

「そういう魂胆か」

「はい、てまえのような商売は伝《つて》を頼って商いをひろげるのが、なによりでございましてね」

そう言って、茂蔵は銚子を取ると、村上の杯に酒をついだ。

「まァ、なんといっても、進物が多いのは御納戸頭の土屋さまと赤井《あかい》さまだろうな」

村上が杯を口元でとめたまま言った。

幕府の御納戸頭はふたりである。ひとりは青田の直属の上司である土屋五郎左衛門で、もうひとりが赤井大膳《だいぜん》だった。なお、御納戸組頭は頭の下にふたりずついるので、都合四人ということになる。青田と瀬戸は土屋の配下だった。

「青田さまは、どうでございます」

茂蔵はそれとなく青田家へ話を持っていった。

「瀬戸家と変わるまいな」

そう言った村上の顔に、困惑の表情が浮いた。家士の重松が殺されたことが脳裏をよぎったのかもしれない。

「そういえば、青田さまの家臣の方が殺されたと耳にしましたが……」

茂蔵が声をひそめて言った。

「そうなのだ。重松どのだけでなく、中間もな」

村上が、傍らに座している柴田にチラッと目をやった。すると、柴田が眉《まゆ》をひそめ、まだ、下手人も知れてないそうですぞ、と小声で言った。

「殺されたのは、八丁堀川沿いの道だと聞きましたが、辻斬りでございましょうか」

茂蔵は銚子を手にし、柴田の杯に酒をつぎながら訊いた。柴田も、重松と中間が殺された件で何か知っていそうだった。

「いや、辻斬りではないようですよ」

柴田が、小声で言い添えた。

茂蔵には、辻斬りでないことは分かっていた。弥之助から、通りで擦れ違った者が刀の鞘が当たったことから口論になり、斬り合いが始まったらしいことを聞いていたのだ。もっとも、その口論は下手人がそれらしく見せるために、わざと仕掛けたとも考えられる。

「道で出会った者と、言い争いになったようだな」

脇から、村上が口を挟んだ。

「それにしても、殺されたおふたりは何処《どこ》へ行かれたんでしょうね。あの道は日暮れどきになりますと、人影も途絶えて寂しくなりますから」

「名は知らぬが、料理屋らしいな」

村上の目に好奇の色があった。殺された重松は、村上と同じ、御納戸組頭の青田家の家臣なのである。村上にしても、重松の斬殺はそれなりの衝撃があったのだろう。いまでも、事件に対する関心が強いにちがいない。うまく水をむければ、知っていることはしゃべりそうである。

「料理屋ですか」

茂蔵はとぼけて訊いた。すでに、茂蔵と弥之助とで八丁堀川沿いで聞き込み、重松たちが本湊町の相模屋に行った帰りに斬殺されたことは知っていたのだ。

「相模屋という店らしいぞ」

「相模屋といえば、あの辺りでは名の知れた老舗《しにせ》でございますよ。おふたりだけで、飲みに行ったのではないでしょうね」

茂蔵はまず重松たちが飲んだ相手を知りたかった。

「相手は知らぬが、相模屋に呼び出されたらしいな」

村上が、青田家に仕える別の家士から耳にしたことを言い添えた。

「てまえのような商人ではないでしょうね」

「そうではない。武士らしい。大きな声では言えんがな、わしは、殺される前に重松どのと話したことがあるのだ。……青田さまは何者かと諍いを起こし、金を強要されていたらしいのだ。重松どのはその相手に掛合いに行ったとみておるのだがな」

「まさか、そのようなことが……。青田さまは歴《れっき》としたお旗本ですよ」

茂蔵は、ことさら信じられないといった顔付きをした。

「重松の話だと、青田さまはその者の騙りで金を巻き上げられた揚げ句に弱味を握られ、さらに金を強要されたようなのだ」

「すると、強請でございますか」

茂蔵が驚いたような顔をして言った。

「まァ、どっちとも言えるが、重松どのは騙りと言っていたな」

「それで、青田さまの弱味というのは何でございましょうね」

用人が騙りの相手に掛合いに行った帰りに殺されたのなら、下手人は騙り一味の可能性もある。掛合いが決裂し、さらに青田家を脅すために、掛合いに来たふたりを殺害したのかもしれない。

「そこまでは、わしも知らんぞ」

村上の顔に訝しそうな表情が浮いた。茂蔵の問いが、商人の噂話を超えていると感じたのかもしれない。

「信じられませんねえ。青田さまのような方を騙るような者がいるとは……。そんな大それたことをするとなると、ひとりではないんでしょうね」

茂蔵は世間話でもするような口調になって訊いた。

「重松どのに聞いた話では、青田さまのお屋敷に乗り込んできたのは三人らしい。いずれも、武士とのことだ」

「三人ですか……」

どうやら、騙り一味には何人かの武士がいるらしい。

「ところで、村上さま。重松さまが殺された後、青田さまはどうされたのです」

「大きい声では言えんがな、用人の秋山どのの口振りでは、騙り一味に金を渡したようだな」

村上が声をひそめて言った。

「さようでございますか」

青田家では、重松と中間が殺されて震え上がり、騙り一味の要求を呑んだのかもしれない。となると、松谷藩の家臣ふたりを斬ったのも、同じように相手を脅すためとも考えられる。

「亀田屋、青田さまの話はこれまでにいたそう。死んだ重松どののことをとやかく言いたくないしな」

村上が渋面で言った。すこし、話し過ぎたと思ったのかもしれない。

「そうしますと、青田さまのお屋敷へうかがうのは、しばらく遠慮した方がよろしいようですね」

茂蔵がもっともらしい顔で言った。

「青田家は、それどころではないだろうな」

「いや、こうしたお話をうかがえただけでも、村上さまにお会いした甲斐がございます。さア、さア、どうぞ」

茂蔵は笑みを浮かべて銚子を差し出した。

それから、茂蔵は村上と柴田へ話しかけ、それとなく青田家にあらわれた三人の武士のことや青田家の弱味のことなどを探ったが、ふたりとも知らないようだった。

茂蔵は村上たちと一刻（二時間）ほど飲み、菊水屋を出た。

8

……豊吉《とよきち》！　いまごろまで、どこをふらついてたんだい。

腰高障子《こしだかしょうじ》のむこうで、女の甲高い声が聞こえた。

隣に住むおたねの声である。おたねは、手間賃稼ぎの五助《ごすけ》という大工の女房だった。豊吉は、八つになるおたねの長男である。

喜十は、多左衛門長屋の自分の部屋でひとり茶碗酒を飲んでいた。暮れ六ツ（午後六時）がすこし過ぎたところで、家のなかは薄暗かったが、残照があるらしく障子が淡い鴇色《ときいろ》に染まっていた。

……だってよ、繁《しげ》ちゃんが広小路へ行くって言うんだもの。

豊吉がふてくされたような声で言った。

繁ちゃんというのは、同じ長屋に住むぼてふりの倅で名は繁助《しげすけ》、十歳と聞いていた。おそらく、豊吉は繁助に誘われ両国広小路まで出かけて、いまになってしまったのだろう。

……いつも言ってるだろう、六ツ前には帰ってきなって。

……おいら、走って帰ってきたんだぞ。

豊吉が声を大きくして言った。

……おとっつァんが、待ってるよ。早く、夕めしにしよう。

おたねの声が、母親らしいやさしいひびきになった。大声で叱ったので、怒りが収まったらしい。それに、まだ暮れ六ツを過ぎて間もなかったのだ。

……おいら、腹へったよ。

……おまえの好きな鰯《いわし》を焼いたからさ。

……ほんとかい。おっかァ、早く家へ行こうよ。

豊吉がおたねの手を引いて走りだし、おたねが引っ張られてついて行くらしい。そのふたりの足音と弾むような息遣いが、障子のむこうで聞こえた。

そして、すぐに隣で腰高障子をあける音がし、おたね、早くめしにしてくれ、とがなる五助の声が聞こえた。

貧しいながらも幸せな家族のようである。

……あのころは、おれも悪《わる》じゃァなかったがな。

喜十が胸の内でつぶやいた。

七つ、八つのころは、喜十にも父母に可愛《かわい》がられて育った記憶があった。ところが、十二、三のころから家に寄り付かなくなり、深谷宿をうろつくようになった。原因は極貧による飢えである。水呑み百姓の父母は牛馬のごとく働いたが、雑穀の粥《かゆ》もまともにすすれないありさまだった。

喜十はたえず腹を減らしていた。その空腹を満たしてくれる場所が深谷宿であった。

深谷宿は、中山道のなかでも賑《にぎ》わっている宿場である。江戸を出発した旅人のなかには二泊目をここにする者が多かったのだ。宿場のほとんどの旅籠が飯盛り女をかかえ、街道沿いには茶屋、土産《みやげ》屋、近郊でとれた果物や青物を商う店などが軒を連ねていた。また、五十《ごとお》の日には市も立ち、近郊の村々からも大勢の人が出た。

喜十が垢《あか》だらけの顔で襤褸《ぼろ》を着て街道沿いでうずくまっていると、旅人のなかには銭を恵んでくれる者がいた。それに、問屋場《といやば》が忙しいときなど荷を運ぶ手伝いをすると、わずかだが銭ももらえた。家で百姓の手伝いをするより、宿場にいた方が楽をして腹を満たすことができたのである。

だが、十四、五になると、宿場に巣くうならず者や博奕打ちの使い走りなどをするようになり、しだいに悪の道へ入り込んでいったのだ。

……仕方ねえ。百姓してたって、飢え死にしてたろうよ。

喜十がそうつぶやいたとき、戸口に近付いてくる足音が聞こえた。

障子があいて顔を出したのは、弥之助だった。手ぬぐいで頰《ほ》っかむりし、黒の半纏に紺の股引という大工らしい格好をしていた。

「邪魔するぜ」

弥之助は土間に入ると、後ろ手に障子をしめた。

「一杯《いっぺえ》やるかい」

喜十は立ち上がって、流し場から湯飲みを持ってきた。

弥之助は上がり框《かまち》に腰を下ろし、何か知れたかい、と小声で訊いた。どうやら、その後の探索の様子を訊きに来たらしい。

「渋谷が、高砂町の賭場にいたことは分かったんだがな、その後の行方が知れねえ」

喜十が貧乏徳利の酒を湯飲みにつぎながら言った。

ここ数日、喜十は岡場所のある深川や浅草、それに人出の多い両国や日本橋などをまわって遊び人や博奕打ちらしい男をつかまえ、渋谷のことを訊いて歩いた。その結果、源蔵という男が貸元をしている日本橋高砂町の賭場に、それらしい男がいると小耳に挟んだのだ。

さっそく高砂町へ出かけ、賭場に出入りする男に渋谷の人相風体を話すと、

「まちげえねえ、そいつは賭場の用心棒をしてたぜ」

と、教えてくれた。

ところが、渋谷は半月ほど前から賭場に姿を見せなくなり、いまはどこにいるか知れないというのだ。

「賭場を出た後、田代と久保を斬った一味にくわわっているのかもしれねえな」

そう言って、弥之助は湯飲みの酒を口にした。

「おめえの方は、何か知れたかい」

喜十が訊いた。

「どうも、騙りのような臭いがする」

「騙りだと」

「そうだ。松谷藩の御留守居役の荒木庄右衛門という男がな、旗本らしい三人の武士と増上寺の門前ちかくの料理屋で会ったらしい。そのとき、荒木に同行したのが田代と久保なのだ」

弥之助が松谷藩の上屋敷に侵入し、荒木や重臣の会話を盗聴したことを言い添えた。

「何の用件で会ったのだ」

「はっきりしたことは分からねえが、寛永寺と増上寺の修理の件らしい。それらしい話を何人かの家臣が口にしていたからな」

上野寛永寺と芝増上寺は幕府の菩提寺《ぼだいじ》である。両寺の堂塔の修理や改築のおりなどは、諸大名にその費用を分担させることはこれまでもあったのだ。

「どうして、騙りの臭いがするんでえ」

喜十が訊いた。

「荒木が騙りらしいと口にしていたのだ」

「その三人の武士は、松谷藩を相手に金を騙し取ろうとしたのかい」

「そのようだ」

「料理屋に掛合いに行った荒木と同行したふたりが、斬り殺されたとなると、騙り一味に殺られたんじゃァねえのか」

喜十が目をひからせて言った。

「おれもそう思う。それにしても、大名相手に金を騙し取ろうという一味だ。なまじの相手じゃァねえぜ」

「その一味に渋谷もいるわけだな。……だが、やつは騙りなどやらねえ。やつは根っからの人斬り屋だ。一味の殺し役を引き受けてるのかもしれねえ」

そう言って、喜十が虚空を睨むように見すえた。

暮色が濃くなり、ふたりのいる土間にも夕闇が忍んできていた。

第三章　闇の攻防

1

燭台《しょくだい》の火が揺れていた。障子はしめきってあったが、どこからか隙間風が入ってくるらしい。炎が揺れる度に、座している男たちの影が乱れた。店内から三味線の音、嬌声《きょうせい》、男の哄笑《こうしょう》などがさんざめくように聞こえてくる。

柳橋にある老舗の料理屋、菊屋《きくや》の二階の座敷だった。酒肴の膳を前にして、五人の男が座していた。岩井、茂蔵、左近、弥之助、それに喜十である。

岩井が、いつも亀田屋に集まっていては不審を抱《いだ》かれよう、と言って、馴染《なじ》みの菊屋に集めたのである。

そのとき、廊下を歩く足音がし、お蘭が顔を出した。岩井は菊屋の女将《おかみ》のお静《しず》とも親しくしていたので、岩井が声をかければ、すぐにお蘭を呼んでくれるのだ。

「お待たせして、ごめんなさいね」

お蘭はそう言って、岩井の脇へ膝を折った。

「これで、そろったようだな。遠慮なく飲んでくれ」

そう言って、岩井が杯を取ると、すぐにお蘭が銚子を取った。

男たちは互いに酌み交わし、しばらく談笑していたが、

「まず、茂蔵から話してくれ」

と、岩井が切り出した。

岩井をはじめとする影目付たちは、その後の探索を知らせ合うために集まっていたのである。

「青田家の件ですが、騙りのようです」

茂蔵が、御納戸組頭の青田が何者かに騙され、金を巻き上げられた揚げ句に弱味を握られ、さらに高額の金を騙し取られたことを話した。

「青田を騙した相手は分からぬのか」

岩井が訊いた。

「いまのところ、三人の武士ということしか分かっておりませぬ」

「弱味というのは」

さらに、岩井が訊いた。

「いまのところ、それも分かりませぬ」

「青田どのに直接会って訊けば早いが、わしの正体を知らせずに会うのはむずかしいな」

岩井がそう言ったとき、

「家士の重松は、その三人の武士に掛合いに行った帰りに八丁堀川沿いで斬られたようです。……斬ったのはふたりの武士。その場のやり取りからみて、斬ったふたりが強引に仕掛けたようです」

と、左近が抑揚のない声で言った。左近は、近くに居合わせた夜鷹そばの親爺を探し出し、そのときのやり取りを聞き込んでいたのだ。

「岩井さま、松谷藩の件もそっくりでございます」

弥之助が、そう言って話しだした。影目付だけのときは、岩井のことをお頭と呼んでいるが、料理屋なので気を遣ったようである。

弥之助がこれまで探索したことを子細に話すと、

「御留守居役が三人の武士と会ったのは、寛永寺と増上寺の修理の件ともうしたのだな」

岩井が念を押すように訊いた。

「はい、そうもうしておりました」

「そのような話は聞いておらぬが……。ただ、騙り一味がそうしたことを口にしたとなれば、ただの無頼の徒や鼠賊《そぞく》ではないぞ。やはり、伊豆守さまが懸念されていたように、幕閣もからんでいるとみなければなるまいな」

幕府の普請の件を持ち出し、大名家を騙したのである。相応の身分の者が背後にいなければ、できることではないのだ。

「それに、青田家と松谷藩の騙りの手口がよく似ている上に、掛合いに出かけた者やその従者をそれぞれ斬殺しております。同じ一味であることは、まちがいございますまい」

弥之助が言い添えた。

「うむ……」

岩井が視線を膝先に落としたとき、

「一味のひとりは、分かっていやすぜ」

と、喜十が言いだした。

「だれだ」

「渋谷玄十郎。鉢割り玄十郎とも呼ばれている流れ者の牢人でさァ」

喜十が、渋谷のことをかいつまんで話した。

「すると、一味は三人の武士に渋谷、それに待ち伏せていた者が別人であれば、すくなくみても五、六人ということとなるな。さらに、背後に幕閣とつながっている者がいるとみねばなるまい」

「やはり水野や板倉が、後ろで糸を引いているのか」

茂蔵が苦々しい顔で、忠成と板倉を呼び捨てにした。

これまで、岩井をはじめとする影目付は、信明に反目する忠成と板倉の手飼いの者と戦ってきたといっても過言ではないのだ。

「出羽守さまと板倉さまが直接手を出すことはあるまいが、背後で糸を引いているかもしれんな」

そう言うと、岩井は杯に手を伸ばしたが、口元でとまってしまった。何やら考え込んでいるようである。

茂蔵たちも黙したまま杯を口に運んでいる。

「わしが、御留守居役の荒木どのに会ってみよう」

岩井が顔を上げて言った。

会って話を聞けば、何を種に騙されたかも分かるし相手も知れるだろう。それに、旗本より大名の家臣の方が、正体を知られる恐れはないのだ。

「そのようなことが、できましょうか」

茂蔵が訊いた。

「わしが藩邸に乗り込んでも相手にされまいな。やはり、伊豆守さまのお力を借りねばならぬか」

岩井は、信明に会って訊いておきたいこともあったのだ。

一同が口をつぐむと、

「あっしらは、どう動きやす」

と、喜十が訊いた。

「荒木どのに会うおりに、茂蔵と弥之助はわしの家臣ということで、同行してもらうかな。ひきつづき左近と喜十は、三人の武士と渋谷なる者の行方を探ってくれ」

「承知しやした」

喜十が応《こた》えると、左近もうなずいた。

「さァ、さァ、話はすんだようだし、飲んでくださいな」

お蘭が、銚子を取って声を上げた。

2

岩井は菊屋に出かけた三日後、供を連れずに松平家の藩邸へむかった。この日になったのは西田に会い、信明に謁見する許しを得ねばならなかったからである。

信明は以前会った奥の書院で岩井に対座すると、

「何か知れたかな」

と、先に口火を切った。岩井が、青田家と松谷藩のことで屋敷に来たことが分かっていたからであろう。

「多少、様子が知れてまいりました。数人の武士が青田家と松谷藩を騙し、多額の金を要求したようでございます。斬られた者たちは、いずれもその掛合いに行った者とその従者にございます」

「うむ……。それで」

「伊豆守さまのご懸念のとおり、幕閣の要職にある者が騙り一味の背後で糸を引いていると思われます」

「やはり、出羽と板倉か」

そう言った信明の口吻《こうふん》に、怒りのひびきがあった。

「まだ、背後にいる者を断定することはできませぬ。ただ、一味が松谷藩を騙すために持ち出した話が、寛永寺と増上寺の修理とのことでございます」

「なに、寛永寺と増上寺の修理とな」

信明が驚いたように目を剥いた。

「いかさま。……あるいは、公儀の菩提寺の修理をまことしやかに持ち出し、金を出させたのではないかと推測いたしますが」

寛永寺にしろ増上寺にしろ、その堂塔、総門などの修理を命じられれば、何万両という大金が必要になる。財力のない大名では、それだけで財政は破綻してしまうだろう。かといって、幕府から命じられれば、断ることはできない。そうした事態に陥らぬよう各大名の御留守居役は幕府の要人や他藩の御留守居役と頻繁に情報交換して事前に察知し、幕閣に働きかけるのである。

そのことを逆に利用し、何者かが幕府の菩提寺の修理が松谷藩に命じられそうだという情報を伝え、それを回避するために手を打ってやるから、幕閣に渡す賄賂を出せと持ちかけたとしたらどうであろう。

それが信用できる話で、しかも賄賂の金がそれほど高額でなければ、御留守居役としては藩の重臣に打ち明け、金を工面して渡すのではあるまいか。

「そういえば、出羽が城内で寛永寺と増上寺のことを話しておったぞ」

信明が思い出したように言った。

「どのようなことを、話しておられましたか」

「傷んできた堂もあるので、そろそろ修理が必要ではないかとな。ただし、雑談だぞ。しかも、松谷藩の話などいっさい出ておらぬ」

「その話が、口さがない供の者や茶坊主などの口から相模守さまのお耳にとどいたとも考えられますし、あえてもうせば、出羽守さまか板倉さまが、相模守さまの耳に入るようひそかに噂を流させたかもしれませぬ」

「出羽や板倉が、やりそうなことだな」

信明が渋い顔をして言った。

「いずれにいたしましても、松谷藩と青田どのを騙した者たちをひそかに始末いたせば、大事にはいたらぬと存じますが」

「そうじゃな」

「そこで、伊豆守さまにお願いがございます」

「なんだな」

「それがし影目付であることを伏せて、松谷藩の御留守居役、荒木庄右衛門どのにお会いし、ことの子細を直《じか》に伺いたいと存じます。そのお口添えをお願いできましょうか」

「たやすいことだ。わが藩の留守居役にもうしつけよう。松谷藩の留守居役とも面識があるはずゆえ、うまく取り計らうであろう」

そう言うと、信明はすぐに手を打って西田を呼び、御留守居役を呼ぶように命じたのである。

信明が呼んだ御留守居役は、佐竹忠左衛門《さたけちゆうざえもん》。初老だが、能吏らしい面立ちの男だった。佐竹はすぐに動き、三日後には岩井が京橋にちかい料理屋、福田屋《ふくだや》で荒木と会えるよう手配してくれた。

その日、岩井は茂蔵と弥之助をしたがえて京橋にむかった。茂蔵と弥之助は武家ふうに髷をととのえ、羽織袴姿で二刀を帯びていた。もともとふたりは武士だったので、身装《みなり》を変えれば不審を抱かせるようなことはなかった。岩井は信明の腹心の家臣という触れ込みで、荒木と会う手筈《てはず》になっていたのである。

女中の案内で二階の座敷へ入ると、すでに三人の武士が待っていた。荒木は五十がらみの長身の男だった。他のふたりは、御使番だという。

酒肴の膳が並べられ、女中が下がったところで、

「それがし、伊豆守さまより極秘に動くよう仰せつかっておりますゆえ、名はご容赦いただきたい」

「心得ております」

岩井がもっともらしい顔をして言った。

荒木の顔がこわばっている。

荒木は藩を巻き込んだ事件の渦中にあり、しかも配下の田代と久保を斬殺されていた。それだけに、心穏やかではいられないのであろう。

「伊豆守さまは、江戸市中において貴藩の家臣がふたりも斬殺されたことをいたく、ご懸念され、それがしに内々で始末をつけるよう仰せになられました」

「佐竹さまより、そのように伺っております」

荒木が声をひそめて言った。

「さすればまず、貴藩にあらわれた三人の武士が、寛永寺と増上寺の修理のことを持ち出した経緯。さらに何を要求したのか、それらをお話しいただきたい」

岩井は両菩提寺のことを口にした。すでに、およその状況はつかんでいることを荒木に知らせた方が、聞き出しやすいと踏んだからである。

「当初は四人でござった。ひとりは、伊豆守さまのご家臣と名乗り、隠密裡のため面体を隠さねばならぬともうし、頭巾をかぶったまま名も口にせなんだ」

荒木が震えを帯びた声で言った。

「伊豆守さまとは、われらの殿のことでござるか」

思わず、岩井は声を上げた。まさか、騙り一味が端《はな》から信明の名を持ち出すとは思っていなかったのだ。

「さようでござる。迂闊《うかつ》にも、それがし、きゃつらの言を信じてしまいまして……。頭巾の武士の拵《こしら》えや物言いが、大身の旗本のものでありましたし、われらの知らぬ幕閣でのやり取りまで口にしましたもので」

荒木は苦渋に顔をしかめた。

「それで、同行した三人の武士が何者か、お分かりでござるか」

「随行した三人は、萩原《はぎわら》、黒沢《くろさわ》、利根村《とねむら》と名乗っておりましたが」

荒木は信用できないといった顔をした。

岩井も三人の名に覚えはなかった。おそらく偽名であろう。

「頭巾の武士は、菩提寺の修理について、どう話したのです」

岩井が声をあらためて訊いた。

「そやつは、こうもうしたのでござる」

荒木が、そう前置きして話しだした。

頭巾の武士は、公儀において寛永寺と増上寺の修繕を計画しているが、今年中にも松谷藩に増上寺の修繕の沙汰が下りるだろうと言った。

それを聞いて荒木は驚き、恐れた。どの程度の修繕か分からぬが、下手をすれば数万両の費用がかかる。いまの松谷藩には、とてもそんな余力はない。

「殿から、城内で寛永寺と増上寺の修繕の噂を聞いたと知らされておりましたので、その武士の話を虚言とは思わなかったのでござる。……そこで、それがしは何とか修繕の任から逃れる手はないかと思案し、それを話しました。すると、武士は今なら幕閣に働きかけることで、増上寺の修繕の任から松谷藩をはずすこともできると言うのです」

「なるほど、それで」

岩井は先をうながした。

3

従者の四人は黙したまま、岩井と荒木に目をむけている。宴席は重苦しい雰囲気につつまれ、杯を口に運ぶものはだれもいなかった。

荒木がさらに話をつづけた。

「その武士は、幕閣にそれなりの心遣いが必要だともうし、伊豆守さまをはじめ数人の要人の名を挙げ、五百両ほど用意できぬかと言いだしたのでござる。五百両ならば、藩でも都合できる。ですが、それがしの一存で即答することはできませなんだ。それで、藩に持ち帰り、在府の重臣たちに諮《はか》ったのでござる。……内談の結果、五百両ならば渡してもよいということとになりましたが、江戸家老の佐伯《さえき》さまが、その者の話をにわかに信用するわけにはまいらぬゆえ、二度に分けて金を渡したらどうかと、仰せられたのです。それで、まず、二百五十両を渡したのでござる」

二百五十両を渡した後、荒木は積極的に他藩の御留守居役や幕府の要人などと接触して情報を集めた。その結果、いっとき江戸城内にそのような噂が流れたが、いまは噂も立ち消えになり、口にする者さえないことが分かった。それに、松谷藩の名が出たこともなかったということ。

そして、残りの二百五十両を渡すことになっていた日、荒木は前もって約束してあったこの店で三人の武士に会った。そのときは、萩原、黒沢、利根村だけがあらわれ、頭巾で面体を隠した武士は姿を見せなかったそうである。

「そのおり、それがしが集めた情報を話した上で、わが藩に増上寺の修繕をさせる話が事実あったかどうか、詰問《きつもん》いたしたのでござる。すると、三人の頭格の萩原が急にひらきなおり、その計画は頓挫《とんざ》したようだが、そのおりは確かにあった。それに、二百五十両は伊豆守さまにお渡ししてあるので返すことはできぬ、ともうすのです」

「虚言だな。伊豆守さまは、まったくかかわりがない」

岩井の顔に怒りの色があった。

「さよう。それがしも、これは騙りだと気付きました。それで、金を返さぬならば、わが藩で三人を捕らえて仕置すると口にしますと、萩原は不敵にも笑いだし、そのようなことができるならやってみるがよい、とうそぶいたのでござる」

「それで」

岩井は話の先をうながした。

「萩原は、わが藩が伊豆守さまに世話になっていることを話した上で、わが藩が公儀の御用から逃れるため伊豆守さまに多額の賄賂を送った事実をひろく天下に喧伝《けんでん》するが、それでもよいか、そのようなことが江戸城内にひろまり、上さまのお耳にとどくようなことになれば、松谷藩にも咎めがあろうし、伊豆守さまも執政の座から退かねばならなくなるともうすのです。……そして、こともあろうに、萩原はわれらに口止め料として都合千両出せと言いだしたのでござる」

荒木の顔が怒りと興奮とで赤く染まっていた。

「なんとも悪辣《あくらつ》な」

騙り一味は、初めからこうなると読んで、増上寺の修理の話を持ち出したらしい。松谷藩と信明の関係を知った上で仕掛けたのだ。

「それがし、そのような金は出せぬ、と突っ撥ね、うぬら、このままにはせぬぞ、と言い置いて席を立ったのでござる。すると、萩原が、われらを侮ると後悔するぞ、口止め料を出さぬならば、まず、世間の目を松谷藩にむけるため、同行のふたりの命を頂戴する、と言ったのでござる」

「それで、田代どのと久保どのが狙われたか」

「いかさま。そのときは、ただの脅しだろうと、高を括《くく》っておりました。それが、数日後に、ふたりが殺されたのでござる」

荒木は震えを帯びた声で言った。ゆがんだ顔には、怒りと不安の入り混じったような表情があった。

「子細は分かりもうした」

「萩原たちが、われらの前にあらわれたおり、わが藩の手勢で捕らえて仕置しようと考えておりますが、いかがでござろう」

荒木が身を乗り出すようにして訊いた。

「それは、上策ではござらぬ。騙り一味は、そこもとの前にあらわれた四人だけではないようなのだ。幕閣とつながりがあることも事実であり、そのようなことをすればさらに騒ぎが大きくなり、公儀としても看過できなくなりましょう。……それに、一味が金を騙し取ろうとしているのは、貴藩だけではござらぬ。さる大身の旗本も、似たような手口で金を要求されたのです」

岩井は青田半兵衛の名は出さなかった。

「なんと、旗本も」

荒木が驚いたように目を剝いた。

「いかさま。……この始末、われらに任せていただけませぬかな」

岩井が荒木を見つめて言った。

「そうしていただければ有り難いが……。それで、萩原たちがあらわれたら、いかようにいたせば」

「会わずに門前払いすれば、よろしいのでは」

「ですが、また、藩士を襲うやもしれませぬ」

荒木が不安そうに言った。

「萩原たちが姿を見せれば、われらが対処いたします。配下の者を藩邸周辺で見張らせておきましょう。念のため、萩原たちがあらわれたら、通りから見えるよう裏門のくぐりに紙でも張っていただきましょうか。それを見て、われらがすぐに動きます」

岩井はそう言ったが、騙り一味が藩邸に姿をあらわすことはないだろうと思った。何らかの手を使って、荒木を呼び出すはずである。

「それなれば、安心でござる」

荒木は、やっと安堵《あんど》の表情を浮かべた。

それから岩井は半刻（一時間）ほど、杯をかたむけながら、松谷藩が勝手に動かぬよう念を押したり、萩原たち三人の人相風体を訊いたりして腰を上げた。

外は濃い夜陰につつまれていた。曇天のせいであろう。まだ、六ツ半（午後七時）ごろのはずだが、夜陰は深く福田屋の前の通りもひっそりとして人影がなかった。

弥之助が福田屋で出してくれた提灯を手にして、岩井の足元を照らしてくれた。

「萩原、黒沢、利根村の名に覚えはありませぬが」

歩きながら、茂蔵が言った。

「おそらく、偽名であろう。三人の名を洗っても、何も出てくるまい」

「わたしも、そう思います」

「弥之助、松谷藩の上屋敷をしばらく見張ってくれ」

岩井が、提灯を持っている弥之助に言った。

「心得ました」

弥之助が小声で答えた。

三人は京橋を渡り、日本橋通りを神田方面にむかった。弥之助と茂蔵は内神田の神田橋御門ちかくにある岩井邸まで、送っていくつもりのようだ。

日本橋通りも深い夜陰につつまれていたが、ぽつぽつと提灯の明りが見え、ときおり、飲みにでも出かけるらしい職人ふうの男や酔客、夜鷹そばなどが擦れ違っていく。

「お頭、だれか尾けてくるようです」

提灯を手にした弥之助が声を殺して言った。

「うむ……」

岩井もそれらしい気配に気付いていた。

十数間ほど後ろを、表店の軒下や物陰を伝うようにして尾けてくる人影があったのである。

ただ、岩井は、近くを通りかかった提灯の明りに黒い人影らしき物が一瞬映し出されたのを目の端にとらえただけで、男なのか女なのかも分からなかった。

「尾けてみます」

弥之助は提灯を茂蔵に渡し、スッと表店の軒下に身を寄せた。

そのとき、背後の人影の動きがとまった。尾行者は、岩井の足元を照らした提灯の明りが揺れたのに気付いたのかもしれない。

「逃げられるかもしれんな」

歩きながら岩井がつぶやいた。

ふだんの弥之助なら敵に気付かれても簡単に逃走を許すようなことはないが、今日は羽織袴姿で二刀を帯びてきていた。まともに、尾行や追跡はできないはずである。

岩井が思ったとおりだった。日本橋を渡って、しばらく歩いたとき、背後から弥之助が走ってきた。

「逃げられました」

弥之助が面目なさそうに言った。

弥之助によると、黒っぽい装束《しょうぞく》の町人体の男だったという。敏捷な男で、武家に仕える中間や小者の感じはしなかったそうである。

「町人もおるのか。いずれにしろ、容易な敵ではないな」

岩井が濃い夜陰を見つめながら言った。

騙り一味には、武士以外にも仲間がいるらしい。それに、逸速《いちはや》く岩井たちが荒木と接触したことを察知して、尾けてきたようなのだ。

4

左近は旗本屋敷のつづく通りの路傍に立っていた。そこは、道沿いに枝葉を茂らせた椿《つばき》があり、その陰に身を隠して、斜向《はすむ》かいの旗本屋敷に目をむけていたのである。

そこは神田駿河台、神田川に近い旗本屋敷の多い地域である。左近が見張っていたのは、青田家だった。

四百石の旗本にふさわしい長屋門を構えていた。門扉はとじたままである。左近は話の聞けそうな中間か、若党でも出てきたら様子を訊いてみようと思ったのである。

七ツ（午後四時）ごろだった。左近がこの場にひそんで一刻（二時間）ほどになるが、まだひとりも姿をあらわさなかった。そろそろ、青田自身が下城するころであろう。

……出直すか。

左近がそう思って、椿の陰から出ようとすると、通りにふたり連れの中間の姿が見えた。どうやら隣の屋敷に奉公する中間らしい。

左近は路傍に立ってふたりが近付いてくるのを待った。隣の屋敷に奉公している中間でも、青田家のことを何か聞き出せるかもしれないと思ったのだ。それというのも、左近は中間同士で主家のことを噂し合うことを知っていたからである。

「ちと、訊きたいことがあるのだがな」

左近はふたりに身を寄せて言った。

「な、なんです」

肌の浅黒い狸のような顔をした男が、怯《おび》えたような顔をして言った。もうひとり、ひょろっとした長身の男も、不安そうな目をむけている。

無理もない。暗く陰湿な感じのする牢人が、突然近付いてきて声をかければ、たいがいの者は不安を覚えるであろう。

「歩きながらでいい。青田さまのことで、訊きたいことがあるのだ」

左近は財布を取り出して一朱銀をつまみ出し、酒代にしてくれ、と言って、浅黒い顔をした男の手に握らせてやった。

「ヘッヘヘ……。遠慮なくいただきやす」

途端にふたりの相好《そうごう》がくずれた。ふたりにとって、一朱は大金だったのだ。

「おれは、仕官の口を探しておるのだが、旗本に仕えてもよいと思ってな」

左近が歩きながら言った。

「それで」

浅黒い顔の男が左近についてきながら訊いた。もうひとりの男もいっしょに歩きだした。

「聞くところによれば、青田さまにお仕えする者がふたり、斬り殺されたというではないか」

「へい、重松さまと久助が殺られやした」

浅黒い男が、久助は中間だと言い添えた。

「それで、青田さまは腕に覚えのある者を探しておられるとか。……おれは、神道無念流の免許皆伝なのだ」

免許皆伝ではなかったが、分かりやすくそう言ったのだ。

「へえ……。ですが、そんな話は聞きやせんぜ」

浅黒い男がそう言って、長身の男を振り返った。すると、長身の男が、おれも聞いてねえ、と答えた。

「いや、青田さまと親交のあるさる旗本から耳にしたのだ」

「それじゃァまちげえねえでしょうよ」

浅黒い男が言った。

「それでな、青田さまのことをくわしく知りたいのだ。いくら腕に覚えがあっても、大勢で襲われたら、どうにもならぬからな。奉公はしたいが、命は惜しい」

「ごもっともで」

浅黒い男の口元に一瞬揶揄するような嗤いが浮いたが、すぐに消えた。左近が命が惜しいといったことで、免許皆伝にしては意気地のない男だと思ったのかもしれない。

「それで、ふたりを殺した相手のことを何か知っているか」

「分からねえなァ」

浅黒い男が首をひねった。

「青田家では、何か揉めごとがあったのではないかな」

「そういやァ、青田家に奉公している中間が言ってやしたぜ。屋敷を訪ねてきたお武家に騙され、青田さまがひどく立腹してたとか」

浅黒い男がそう言うと、後ろの長身の男が、

「あっしも聞いてやすぜ。屋敷に来たのは三人で、青田さまにうまいこと言って金を出させやしてね、それが騙りらしいことが分かって青田さまが詰《なじ》ると、三人は居直って、さらに金を出せと凄《すご》んだらしいんで」

身を乗り出すようにして言った。

その辺の経緯は左近も知っていた。

「すると、相手はその三人か」

左近が長身の男に訊いた。三人の正体をつかみたかったのである。

「そうかもしれやせんぜ。殺されたのは重松さまが掛合いに行った帰りだそうですからね」

「その掛合いの相手は、騙り一味の三人なのか」

「隣の忠太《ちゅうた》に聞きやしたからまちげえねえ」

忠太というのは、青田家に奉公する別の中間だそうである。

「三人の武士だが、名は分かるか」

「そこまでは分からねえ」

長身の男が言い、浅黒い男もうなずいた。

「牢人ではあるまいな」

「忠太は、ひとりは旗本ふうだったと言ってやしたぜ。別のふたりは、そいつの供のようだったらしいや」

「うむ……」

どうやら、旗本ふうの男が首謀者のようだが、黒幕は別にいるのかもしれない。

そんな話をしていると、いつの間にか、昌平橋のたもとまで来ていた。そこは、八方から入る道があることから八ツ小路とか八口とか呼ばれる場所で、大勢の人が行き来していた。

「旦那、あっしらは、一杯やらせていただきやす」

浅黒い顔の男が目を細めて言い、長身の男と連れだって足早に左近から離れて人混みのなかへまぎれた。

左近は八ツ小路を抜け、日本橋へむかった。左近の住む長屋は、甚兵衛店《じんべえだな》という棟割り長屋で日本橋小網町にある。左近は、このまま長屋へ帰るつもりだった。

まだ、暮れ六ツ前で日本橋通りは大変な賑わいを見せていた。通りの両側には土蔵造りの大店が軒を連ね、様々な身分の老若男女が行き交っている。

左近の半町ほど後ろに町人体の男がいた。二十代半ば、頤の張った剽悍そうな面構えの男である。格子縞の着物を裾高に尻っ端折りし、麻裏草履を履いている。

男は左近を尾けていた。もっとも、通りを大勢の人が行き交っていたので、身を隠す必要はなかった。左近の背中を見ながら、ぶらぶら歩いていくだけである。

左近は男が尾けていることに気付いていなかった。

日本橋のたもとまで来ると、左近は左手にまがった。日本橋川沿いの道を行けば甚兵衛店のある小網町である。

左近は甚兵衛店へもどった。一休みしてから、日本橋川沿いにある吉盛屋《よしもりや》に一杯やりに行くつもりだった。吉盛屋は左近がよく飲みに行く一膳めし屋である。

左近を尾行してきた男は、甚兵衛店に入る路地木戸の前まで来て足をとめた。そして、左近が長屋に入ったのを確認するとその場を離れた。

左近が長屋を出たのは、暮れ六ツ（午後六時）の鐘が鳴っていっときしてからだった。

長屋の外は濃い夕闇につつまれていた。

5

左近は日本橋川沿いの通りへ出た。南八丁堀に渡る鎧之渡《よろいのわたし》と呼ばれる渡し場がすぐ近くで、日中はかなり人通りがあるのだが、いまは夕闇につつまれ、ほとんど人影はなかった。通り沿いの表店も店仕舞いし、大戸をしめている。

左近は日本橋川沿いの通りを川下にむかって歩いた。吉盛屋は、そう遠くない。半町ほど前方に、吉盛屋から洩れる灯《ひ》が夕闇のなかにかすかに見えてきた。

そのとき、川岸の柳の樹陰から通りへ人影が出てきた。左近を尾けてきた町人体の男である。男は手ぬぐいで頬っかむりしていた。顔を隠すためらしい。

左近は道のなかほどに立っている男に不審を抱いたが、刃物を手にしている様子もなかったので、そのまま歩いた。

男と左近との間がつまり、五間ほどに迫ったときだった。

「旦那、そこで足をとめてくだせえ」

男がくぐもった声で言った。

「おれのことか」

「へい」

「何の用だ」

　左近は足をとめた。男は左近にいきなり斬りつけられるのを恐れて、間を取ろうとしたようだ。

「ちょいとお訊きしやすが、旦那は亡者のひとりでごぜえやしょう」

　男が訊いた。頬っかむりした手ぬぐいの間から、底びかりする双眸が左近を見すえている。

　どうやら、左近が影目付であることを知っているらしい。

　……この男、騙り一味ではあるまいか。

　と、左近は思った。それにしても、ひとりで左近を襲うつもりなのであろうか。

「だとしたら、どうする」

　左近は左手で刀の鯉口を切った。男が、何か飛び道具を隠しているかもしれないと思ったのである。

「やっぱりそうでしたかい。なに、亡者には成仏してあの世へ帰ってもらおうと思いやしてね」

　言いざま、男はふところから匕首を抜いた。

　そのとき、後方の川岸に人のいる気配がし、かすかな足音が聞こえた。左近が振り返ると、川岸の柳の樹陰から通りへ出てくる男の姿が見えた。牢人体である。

「相手は後ろの男か」

左近はすぐに川岸へ近付き、川を背後にして立った。背後にまわられるのを防ごうとしたのである。

「人斬りの旦那、頼みますぜ」

町人体の男が、近付いてくる男に声をかけた。

牢人体の男はゆっくりした足取りで、左近に近付いてきた。暮色のなかに、ぼんやりと男の顔が浮かび上がった。

総髪で瘦せている。生気のない土気色の肌をし、蛇のような細い目をしていた。多くの修《しゅ》羅《ら》場《ば》をくぐってきたのであろう。身辺に血なまぐさい、陰湿で酷薄な雰囲気をただよわせていた。

……この男、鉢割り玄十郎ではあるまいか。

喜十から聞いていた渋谷玄十郎であろう、と左近は思った。

「渋谷玄十郎か」

左近が声をかけると、渋谷は驚いたような顔をして足をとめた。まさか、いきなり名を呼ばれるとは思ってもいなかったのだろう。

だが、その驚きの表情はすぐに消え、陰湿な表情のない顔にもどった。

「うぬが亡者か」

渋谷はつぶやくような声で言うと、三間余の間合を取って左近と対峙した。やる気らしい。

町人体の男は、素早い動きで左近の左手へまわり込んできた。

……こやつも侮れない。

と、左近は察知した。

男は腰をいくぶん沈め、匕首を胸の前に構えていた。獲物に飛びかかる寸前の獣のような雰囲気をただよわせている。男には喧嘩で身につけた勝負の勘と糞度《くそ》胸があるようだ。隙を見せれば、捨て身で飛びかかってくるはずである。

「まいるぞ」

左近が先に抜いた。

青眼だが刀身を低く構え、切っ先を渋谷の胸部につけた。

「斬りごたえがありそうだな」

渋谷は口元に嗤いを浮かべながら抜刀した。うすい唇が赤みを帯び、双眸に炎のようなひかりが宿っている。

そのとき、左近は背筋の凍るような寒気を感じた。渋谷の顔が幽鬼のように見え、その全身に殺戮を求める血がかけめぐっているのを感じ取ったからである。

……この男は、人斬りを楽しんでいる。

左近はそう思った。

渋谷は刀身を寝せて低い上段に構えた。左の拳を額につけ両腕の間から左近を見つめている。

……これが、鉢割りの構えか！

この構えから、敵の額を割るのであろう。手練だ、と左近は感知した。

幽鬼を思わせるような風貌とあいまって、渋谷の構えには異様な迫力があった。それに、多くの人を斬ってきた者特有の、敵を竦《すく》ませるような凄烈《せいれつ》さがある。

……切り抜けぬ。

と、左近は読んだ。

渋谷だけで互角であろう。左近は左手の町人体の男にも対処せねばならず、不利であった。

左近は両肩の力を抜いてゆったりと構え、切っ先をかすかに上下させた。神道無念流の神髄でもある『横面斬り《よこめんぎ》』の構えである。

渋谷は三間余の間合を保ったまま動かなかった。左近の構えから、どう斬り込んでくるのか読もうとしているようである。

左近は渋谷に切っ先をむけながらも、逃げ道を探していた。前方と左手は無理である。あいているのは、右手だけだ。

……いつもの手を使うか。

幸いなことに、右手の半町ほど先に吉盛屋があった。

左近は全身に気勢を込めて斬撃の気配を見せながら、グイと前に出た。

渋谷が左近の仕掛けに応じようとしてかすかに腰を沈めた瞬間、左近は右手に大きく跳び脱兎《だっと》のごとく走りだした。

一瞬、渋谷は驚いたような顔をして目を剝いた。左近が逃げるとは思っていなかったようだ。

「逃がすか！」

声を上げ、すぐに左近の後を追ったのは町人体の男だった。

なかなか足も迅い。だが、左手にいた町人体の男との間はかなり離れていた。

左近は懸命に走った。ここは逃げの一手である。

町人体の男との間がしだいにつまり、足音が迫ってきた。渋谷も後を追ってくるらしく、町人体の男の後ろで足音が聞こえた。

吉盛屋はすぐだった。腰高障子から洩れる灯が眼前に迫り、店のなかから男たちの談笑が聞こえてきた。

「待ちゃァがれ！」

左近のすぐ後ろで、町人体の男の声が聞こえた。

間に合わぬ、と察知した左近は、走りざま手にひっ提げていた刀を脇に振り上げ、足をとめて反転した。

咄嗟に、町人体の男が足をとめ、大きく背後に跳んで匕首を構えた。渋谷は男の後ろから総髪を振り乱して走ってくる。足は遅いようだ。

左近は町人体の男との間が大きくあいたのを見て、ふたたび反転して走りだした。

「やろう！　逃がさねえ」

町人体の男は追いかけてきた。執拗である。

だが、吉盛屋は目の前に迫っていた。

左近は入口の腰高障子をあけると、店内に飛び込んだ。店内は温気と食い物の匂いと談笑につつまれていた。土間に飯台が置かれ、客の男たちが酒を飲んだり、めしを食ったりしている。

その雰囲気が一変した。男たちはいきなり抜き身をひっ提げて飛び込んできた左近に驚怖し、凍り付いたように身を硬くした。

「だ、旦那ァ！」

顔見知りの親爺がひき攣ったような声を上げた。

かまわず、左近は飯台の間をすり抜け、裏手の板場へ走り込み、背戸《せど》から裏路地へ飛び出した。

店のなかで男たちの悲鳴や怒号が聞こえた。匕首を手にした町人体の男が入ってきたらしい。

左近は細い路地を走り、交差する路地をまがった。背後から追ってくる足音は聞こえなかった。店に飛び込んできた町人体の男が、左近が背戸から逃げたことに気付くまで間があるはずだ。そして、気付いて背戸から外へ出ても、左近の姿は入り組んだ細い路地のなかへ消えているはずである。

左近は日本橋川沿いで敵に襲われたとき、吉盛屋に逃げ込んで裏口から逃げたことが前にもあったのだ。

……逃げられたようだ。

左近は走るのをやめてゆっくりと歩きだした。

心ノ臓が激しく鼓動していたが、しだいに収まってきた。左近は夜陰につつまれて路地を歩きながら、このまま長屋には帰れないと思った。

おそらく、駿河台の青田家からの帰りに尾行されたのである。左近の住居が甚兵衛店であることも知っているとみなければならない。長屋に帰れば、渋谷と町人体の男に寝込みを襲われる恐れがあった。

左近は路地を抜け、日本橋通りへもどって京橋にむかった。しばらく、亀田屋の離れを借りようと思ったのである。

6

柳橋に、灘乃屋《なだのや》という老舗の料理があった。江戸でも名の知られた店で、大名の御留守居役、大身の旗本、富商などが主に利用していた。庶民には手がとどかない高級店である。

その灘乃屋の二階の奥まった座敷に、三人の武士と商人ふうのふたりの男が宴席を持っていた。

武士は室田勘兵衛と千熊小次郎、それに御前さまと呼ばれている男である。室田と千熊は羽織袴姿で、御家人とも大身の旗本の家士とも見える格好をしていた。

御前さまと呼ばれる男は上物の松葉小紋《まつばこもん》の羽織に路考茶《ろこうちゃ》の小袖と袴という拵えで、店が用意したらしい脇息にゆったりと肘《ひじ》をあずけていた。いかにも、大身の旗本という感じである。

御前さまは店に入るまで、頰隠し頭巾で顔を隠していたのだが、いまは取っている。五十がらみ、艶のよい丸顔で、頰がふっくらしていた。目が糸のように細いせいか、いつも機嫌よく笑みを浮かべているように見える。

商人ふうの男は、廻船問屋、太田屋の主人、久左衛門《きゅうざえもん》と番頭の嘉蔵《よしぞう》だった。

五日前、室田と千熊が太田屋を訪れて久左衛門に面会を求め、いまは名を明かせぬが幕府の要人の使いで来たことを話し、

「幕府の御用を太田屋に申し付けたいが、その前に内密に相談したい」

と、持ちかけたのである。

久左衛門は幕府の御用商人になることを切望し、それなりに幕閣に働きかけていたので内心喜んだが、念のために、

「どなたさまのご使者でございましょうか」

と、問うた。

「他言無用に願いたいが、ご老中、松平伊豆守さまである」

室田は久左衛門だけに聞こえる声で言った。

久左衛門は驚いた。まさか、老中からの使者が来るとは思わなかったのである。

「むろん、伊豆守さまご自身からご指示があったわけではない。われらは、伊豆守さまの意

を酌んだ方からのご指示でまいっておる」

　室田はもっともらしく言い、

「太田屋で都合が悪ければ、この話はなかったことにするが」

と、つづけたのである。

「とんでもございません。喜んで、お話をうかがいます」

久左衛門は額を畳に擦《こす》り付けるように低頭した。

そして、その場で五日後に、柳橋の灘乃屋で会うことを決めたのである。

そのとき決めた五日後が今日で、室田たちと太田屋のふたりがこの座敷で顔を合わせたのである。

「太田屋、内密な相談ゆえ、わしの名は伏せておかねばならぬが、そうだな、この者たちと同じように御前さまでもよいし、和泉《いずみ》でもよいぞ」

　御前さまと呼ばれた男は、鷹揚《おうよう》にそう言った。

　和泉だけでは、和泉守なのか、姓が和泉なのかも分からない。

「では、てまえどもも御前さまとお呼びさせていただきます」

　久左衛門は上半身を前に折りながら言った。歳は五十代半ばであろうか。面長で鼻梁が高く、頤が張っていた。商人らしくないいかつい顔付きだったが、物言いはやわらかく、大店の主人らしい落ち着きがあった。

そのとき、襖があいて、女将と女中が酒肴の膳を運んできた。しばらく、女将と座敷女中が、愛想をふりまきながら五人の男に酌をしていたが、

「女将、内密な話があってな。しばらく、座をはずしてくれぬか」

室田が言うと、女たちはすぐに座敷から出ていった。

「太田屋、まず、それがしから経緯を話そう」

そう切り出したのは、千熊だった。ふだんの愛想笑いを消している。細い目がひかり、能吏らしい顔付きになっている。この男、相手と場に応じて、顔付きも変えるようだ。

「半月ほど前に、ご城内でご老中の伊豆守さま、備前守《びぜんのかみ》さま、下野守《しもつけのかみ》さま、それに若年寄の出羽守さまたちがお顔を合わせたおり、飢饉や天災に備えるための米や雑穀の備蓄のことが話題になったらしいのだ。そのおり、大坂からの廻漕《かいそう》のことを言い出した方がおられ、財力のあるしっかりした廻船問屋に、幕府の御用を請け負わせねばならぬという話になった。

……そのとき、太田屋の名が出たらしいのだな」

千熊は、いかにも江戸城内のことを知悉《ちしっ》しているような口振りで言った。これが、千熊の役割でもあった。御家人だが、大身の旗本のような物言いをし、江戸城内でのことや幕閣のやり取りなどをまことしやかに話すのだ。

なお、備前守とは老中牧野備前守、下野守は老中青山下野守のことである。

「さようでございますか」

久左衛門と嘉蔵は神妙な顔をして聞いている。

「その後、伊豆守さまが、この場で名は言えぬが、上さまに近侍されている大身の旗本に、公儀の御用をまかせられる廻船問屋を新たに決める必要があると洩らされたのだ。その旗本はここにおられる御前さまと昵懇《じっこん》であられ、太田屋の意向と身代《しんだい》のほどを確かめるよう依頼されたわけなのだ」

千熊がそう言ったとき、御前さまが、

「わしは、寄合《よりあい》でな。暇があるのだ」

と、笑みを浮かべて言った。

「太田屋、どうだな、幕府の御用を引き受ける気はあるかな」

つづいて、千熊が訊いた。

「願ってもないことでございます。太田屋久左衛門、ご公儀のご意向に沿うよう力のかぎりを尽くさせていただきます」

久左衛門は低頭して言った。脇で嘉蔵も額を畳に擦り付けている。

「では、そのように伝えるが、太田屋、これでお上の御用を承ることが決まったわりではないぞ」

御前さまがそう言うと、すかさず千熊が口を挟んだ。

「太田屋ほどの商人ならば、言わずとも分かっていようが、手をこまねいて待っていたのでは吉報はとどかぬ。それ相応の手を打たねばな」

「それは承知しておりますが、何をすればよろしゅうございますか」

久左衛門が千熊に顔をむけて訊いた。

「そうだな。まずは、御前さまに依頼された旗本、伊豆守さま、それに若年寄の出羽守さまに挨拶せねばなるまいな。むろん、直にお会いすることなどできぬので、側近の者に話すことになろう。その役は御前さまにお頼みするとしてだが、手土産がいる」

「どれほどご用意いたせば、よろしいでしょうか」

久左衛門が、声をひそめて訊いた。

「そうよな、相手がご老中となれば、百や二百のはした金ではどうにもならぬな。都合、三千両ほどいるかな」

千熊が当然のことのように言った。

御前さまと室田はその場を千熊にまかせ、ときおり杯をかたむけながら黙ってやり取りを聞いている。

「三千両……」

一瞬、久左衛門の顔に驚きの表情が浮いたが、すぐに消え、三千両ともなりますと、今日、明日にというわけにはまいりませぬが、と言った。

「太田屋ほどの大店でもそうか。だが、御前さまも相手の都合を聞いて出向かねばならぬから、一度に三千両必要なわけではない。まず、千両ほどどうかな。それも四、五日先でよいが」

千熊が言った。

「それならば、ご用意できます。四日後に、お渡しできるよう手配いたしましょう」

「そうか。では、四日後にな」

千熊がそう言ったとき、

「そのときは、もうすこしはっきりしたことが話せよう」

と、御前さまが言い添えた。

すると、それまで黙ってやり取りを聞いていた室田が、

「御前さま、かたい話はこれまでとし、おくつろぎくだされ」

と言って、銚子を取った。

灘乃屋を出た室田、千熊、御前さまの三人は柳橋を渡って両国広小路を抜け、大川端へ出た。そして、川沿いの道を日本橋の方へむかった。御前さまは灘乃屋を出たときから、頬隠し頭巾で顔を隠している。

五ツ（午後八時）を過ぎ、辺りは夜陰につつまれていた。千熊が御前さまの足元を提灯で照らしている。通りに人影はなく、大川の流れの音だけが耳を聾《ろう》するほどにひびいていた。

「草野《くさの》さま、うまくいきましたな」

室田が御前さまに声をかけた。

御前さまの名は草野藤右衛門《とうえもん》。数年前まで御小姓衆だったが、些細《ささい》なことで将軍の不興を買い、いまは非役であった。御小姓衆だったときは御役料として三百石の足高《たしだか》があったので五百石を食《は》んでいたが、いまは家禄の二百石だけである。

「とりあえず、百両か」

草野は細い目をさらに細めて懐を押さえた。

宴席のお開きに、番頭の嘉蔵が、持ち合わせはこれしかありませんが、ご足労をおかけしたお礼でございます、と言って袱紗包みにつつんだ百両を渡したのだ。商人らしい気配りである。

「太田屋から金を出させるのは、これからでございます」

室田が言った。

「三千両か。さすが廻船問屋の大店だけのことはあるな。貧乏大名などとちがって、金を持っておるわ」

「いかさま」

「だが、われらの目的は金だけではないぞ。出羽守さまや板倉さまの力で、それぞれの望みを果たさねばならぬ。そのためには、亡者どもを始末せねばな」

草野がくぐもった声で言った。

「承知しております。すでに、亡者らしき者の跡を尾行し、ひとりはその仹処《すみか》をつかんでおります」

「頼むぞ」

「亡者の首を手土産に、板倉さまにお目にかかれるのも間近かと」

室田が闇を見すえながら低い声で言った。

7

「そやつら、左近さまのことを亡者と呼んだのですか」

弥之助が驚いたような顔をして訊いた。

亀田屋の離れに、四人の男が集まっていた。茂蔵、左近、弥之助、喜十である。左近が離れに姿を見せた翌日だった。茂蔵が弥之助と喜十を集めたのである。

「おれたちが、影目付と知っているとみていいいな」

左近が言った。

「それで、渋谷にまちげえねえんですかい」

喜十が念を押すように訊いた。

「まちがいないな。喜十に聞いていたとおりの男だ」

左近はあらためて日本橋川沿いの通りで襲われたときの様子を話し、ふたりの人相や風体などを言い添えた。

「渋谷は騙り一味にくわわりゃァがったな」

そう言って、喜十が顔をしかめた。

「それで、どうして左近さまの跡を尾けたのです」

弥之助が不審そうな顔をして訊いた。

「尾けたのは、青田さまの屋敷からだな」

「やつら、影目付があらわれると読んでたようですよ。わたしらも、松谷藩の御留守居役と会った帰りに尾けられましたからね」

茂蔵が、そのときの様子をかいつまんで話した。

「騙り一味は、おれたちの命を狙っているのか」

「そうとしか思えませんね」

「なにゆえ、おれたちの命を狙う。おれたちが邪魔だからか」

「それもありましょう。ですが、われらが動きだすのを察知するのが早すぎます。われらをおびき出しておいて、始末しようとする節さえありますよ」

茂蔵が一同を見まわしながら言った。影目付のまとめ役らしい、するどい目をしている。

「すると、出羽と板倉の差し金か」

「そうでしょうね。……松谷藩を騙しにかかった一味は、あえて伊豆守さまの名を騙っています。ことが露見しても、伊豆守さまに疑惑の目がむけられるように仕組んだものでしょうが、同時にわれらをおびき出して始末するためかもしれませぬ」

茂蔵の顔には怒りの色があった。忠成や板倉の狡猾《こうかつ》で卑劣な策謀に腹が立ったのであろう。

「やつら、何者だ」

「分かりません。ですが、渋谷のような無頼の徒や町人体の男がくわわっていることからみても、一味の多くは出羽守や板倉の配下の幕臣ではないような気がしますが」

茂蔵が語尾を濁した。まだ、断言するまでの自信がないのだろう。

「それで、どうしやす。そいつらが、襲ってくるのを待ちやすかい」

喜十が訊いた。

「いまのところ一味の正体も隠れ家も知れぬ。……ひとりでも所在がつかめれば、捕らえて吐かせる手もあるのだが」

茂蔵がそう言うと、

「何とか、渋谷の塒《ねぐら》はつかめそうですぜ」

喜十が身を乗り出すようにして言った。

「もう一度、高砂町の賭場へ行きやしてね。源蔵の子分から話を訊いたんでさァ」

喜十は、源蔵の身内なら渋谷の塒を知っているかもしれないと思い、もう一度当たってみたのである。

喜十は源蔵の賭場で博奕を打った後、寅造《とらぞう》という下足番をしていた若い男に声をかけ、後で一杯やろうということに話を持っていった。喜十は上州の賭場を流れ歩いていたこともあり、三下を手懐《てなず》けることも難しいことではなかったのだ。

翌日、喜十は賭場のちかくの縄暖簾《なわのれん》を出した飲み屋で、寅造と酒を飲んだ。そのおり、渋谷の塒を訊いたのである。

「塒は知らねえなァ。やつは、賭場に寝泊まりしてやしたからね。決まった塒はなかったんじゃァねえかな」

寅造は、酔いで顔を真っ赤にして言った。あまり酒に強い質《たち》ではないようだ。

「だがよ、賭場に居っきりじゃァ息がつまるだろうよ」

喜十は、どこか行きつけの飲み屋なり情婦《いろ》の家なりがあるはずだと思った。

「そういえば、よく飲みに出かけていやしたぜ」

寅造が思い出したように言った。

「店はどこだい」

「たしか、笹屋《ささや》といったかな」

寅造によると、女将と女中がひとりいるだけの小料理屋だという。

「どこにある店だ」

「高砂橋のたもとですぜ」

高砂橋は浜町堀にかかっている。賭場からは、数町しか離れていなかった。

「馴染みの情婦《いろ》でもいたのかい」

喜十は、渋谷の情婦でもいれば、ときおり顔を出すのではないかと思ったのである。

「情婦がいたかどうかは知らねえ。あいつは、女より人斬りが好みのようですぜ」

寅造が怖気をふるうような顔をして言った。

「ちげえねえ」

喜十は寅造と別れた足で、高砂橋のたもとに行ってみた。

戸口に掛行灯《かけあんどん》を出したちいさな店だった。暖簾は出していたが、客はいないようだったので、喜十は店に入ってみた。店のなかで渋谷と鉢合わせするのは避けようと思ったのである。

女将はおよしという年増《としま》だった。飲みながら、およしにそれとなく渋谷のことを訊くと、いまでもときおり店に顔を出すという。

その後、喜十は二度、夕暮れ時に高砂町へ出かけて笹屋を見張っていたが、渋谷は姿を見せなかったのだ。

喜十は茂蔵たちにこれまで探ったことをかいつまんで話し、

「ひきつづき、笹屋を張ってみやすよ。ちかいうちに、やつは姿を見せるはずなんで」

と、目をひからせて言い添えた。

「喜十、やつに手を出すな。やつは剣鬼だ」

左近が言った。

「やろうの恐ろしさはよく知っていやす。跡を尾けるだけにしやすよ」

喜十は、自分の長脇差《ながどす》では相手にならないことを知っていた。

「それで、おれたちはどうします」

弥之助が茂蔵に視線をむけて訊いた。

「おれたちも青田家と松谷藩を見張り、一味が姿をあらわすのを待つのだ」

茂蔵が一同を見渡して言った。

第四章　廻船問屋

1

その日、岩井は陽が西にかたむくと、書見をやめて居間を出た。これから柳橋の菊屋へ行くつもりだった。

昨夜、弥之助が屋敷内にあらわれ、菊屋に来て欲しい、とのお蘭の言葉を伝えたのだ。お蘭は何かあれば、茂蔵に知らせることになっており、それを弥之助が岩井につないだのである。

玄関先まで見送りに出た登勢は、大小を岩井に渡しながら、

「お気をつけて」

と、心配そうな顔で言った。

「案ずるな。今日はこれだ」

岩井は笑みを浮かべながら杯をかたむける真似をしてみせた。事実、今夜は菊屋で飲むことになるだろう。

岩井は妻の登勢に、先に休むがよい、と言い置き、深編み笠で顔を隠して屋敷を出た。岩井は登勢や家臣に、市中見まわりと言ったり、碁を打ちに行くと言ったりして、ときおり屋敷を出ていった。

用人の青木を初め家臣たちは、岩井の言を信じてはいなかった。岩井が非役の無聊《ぶりよう》を慰めに、面体を隠して芝居見物や料理屋に行っているにちがいないと思っていた。

ただ、登勢だけは、岩井が幕閣から密命を受け、幕臣のかかわった事件をひそかに探索しているらしいことに気付いていた。それでも、信明の直属の影目付を率いていることまでは知らなかった。

菊屋の暖簾をくぐると、帳場にいたお静がすぐに出てきて愛想良く迎えた。

「世話になるぞ」

「はい、はい。お蘭さんが、首を長くして旦那が来るのを待ってますよ」

お静は、いつも使っている二階の桔梗《ききよう》の間に案内してくれた。

桔梗の間は四畳半と狭いが、離れのようになっていて、ひとりのときはいつもそこを使っていた。お静は岩井が長年お蘭を贔屓《ひいき》にしていることも承知しているので、黙っていてもお蘭を呼び、桔梗の間に案内してくれるのだ。

お静を相手にいっとき杯をかたむけていると、障子があいてお蘭が顔を出した。

「旦那、いらっしゃい」

お蘭は嬉《うれ》しそうに顔をほころばせ、岩井の脇に座った。襟元から脂粉と酒の匂いがした。すでに、飲んでいるらしく、透けるような白い肌が朱に染まっている。襟元から覗いている中着の黒の薄物がなんとも色っぽい。

「どうぞ、ごゆっくり」

お静は、お蘭が岩井のそばに座ると、すぐに腰を浮かせて座敷から出ていった。

「旦那、おひとつ」

お蘭は銚子を手にすると、岩井に膝を寄せた。

岩井はお蘭についでもらった酒を飲み干した後、杯をお蘭に渡し、おまえも一杯どうだ、と言って、酒をついでやった。

その酒をお蘭が飲み干したのを見て、

「お蘭、何か話があるようだな」

岩井が、声をあらためて訊いた。

「はい、旦那の耳に入れておいた方がいいような気がしましてね。……灘乃屋さんに呼ばれた吉弥《きちや》さんから聞いた話なんです」

吉弥というのは、柳橋の芸者だという。この時代、粋や気風《きっぷ》のよさを誇示するために、男の名を使う芸者がすくなくなかった。特に辰巳《たつみ》芸者と呼ばれる深川芸者に多かったが、柳橋にもそうした名をつけた芸者もいたのである。

「灘乃屋さんで、身分のありそうなお武家と大店の旦那が、それぞれの供をまじえて宴席を持ったそうです。吉弥さんはその座敷に呼ばれて廊下を通ったとき、気になる話を小耳に挟んだそうなんです」

「どんな話だ」

「お武家が、ご老中の伊豆守さまと口にしたらしいんです。……それに、三千両と言ったのも聞いたようです」

吉弥は、客が天下に名の知れた老中の名を、さも親しそうに口にしたのを聞き、よほど身分のある武家にちがいないと思った。つづいて、三千両というのを聞いて驚き、ふだん相手にしている客とは、格がちがうような気がした。そして、後日、親しくしているお蘭に、そのことを茶飲み話にしゃべったのだという。

「武士の名は分かるか」

岩井は、信明の名を出したのが気になった。あるいは、騙り一味とかかわりがあるかもしれない。

「それが、同席した客は御前さまと呼んでいたそうですよ」

「御前さまか」

特に心当たりはなかった。信明の身辺にも、御前さまと呼ばれるような人物はいないはずだ。

「相手の商人は？」

「廻船問屋の太田屋さんだそうです」

「行徳河岸の太田屋か」

「そのようです」

「うむ……」

大店だった。太田屋ならば、三千両の話もうなずける。ただ、信明と太田屋のつながりはまったくないはずだ。

「旦那、何か役にたちましたか」

お蘭はそう言って、銚子を持った。

「まだ、はっきりせぬが、われらが追っている騙り一味かもしれぬ」

岩井は杯で受けながら、

「お蘭、その者たち、また灘乃屋にあらわれるかもしれぬな。灘乃屋に呼ばれたらでいいが、伊豆守さまのことを口にした武士のことを聞き込んでくれぬか」

と、頼んだ。岩井は、太田屋と密談した武士がまた灘乃屋にあらわれるような気がしたのである。

「吉弥さんを通して、灘乃屋の女将さんに頼んでおきますよ」

お蘭は、女将に店に呼んでくれるよう頼むという。信明の名を出した武士があらわれたとき、呼んでもらうのは無理だが、灘乃屋に顔を出していれば、噂は耳に入ってくるそうである。

「無理をいたすなよ。相手は、平気で人を斬る者たちだ」

「だいじょうぶ。あたしには旦那がついているもの」

そう言って、お蘭は岩井の肩にしなだれかかるように身を寄せた。

2

……やつだ！

思わず、喜十が胸の内で叫んだ。

笹屋の掛行灯の明りに浮かび上がった男の姿に見覚えがあった。総髪で痩身、すこし猫背である。その牢人体には、幽鬼のような雰囲気がただよっている。

……むかしのまんまだぜ。

渋谷にまちがいない。喧嘩《でいり》のときに見かけた姿のままだった。

やっと、姿をあらわしたのである。喜十が、笹屋の店先の見える路傍の灌木《かんぼく》の陰に身をひそめるようになって五日目だった。

渋谷は慣れた手付きで暖簾を上げ、店に入っていった。

……さて、おれも一杯やるか。

喜十は灌木の陰に転がっていた丸石に腰を下ろし、腰にぶら下げてきた竹筒を取り出した。なかに、酒が入っていた。一杯やりながら見張ろうと思い、用意したのだ。

渋谷は一刻（二時間）は店から出てこないだろう。晩秋の風は冷たく、酒でも飲まないことには耐えられないのだ。

ただ、喜十は酔うほどは飲まなかった。これから、渋谷を尾けねばならないのだ。足元がふらついて足音でもたてれば、すぐに首が飛ぶのである。

渋谷は一刻半（三時間）も経《た》って、笹屋から出てきた。浜町河岸を東神田の方へむかって歩いていく。

辺りは深い夜陰につつまれていたが、月が頭上で皓々とかがやき、提灯けなくとも歩くことはできた。風のない清澄な夜である。

渋谷は人影のない通りを懐手をして飄然《ひょうぜん》と歩いていく。通りに人影はなく、浜町堀の水が汀の石垣を打つ音が、ちゃぷちゃぷと聞こえてきた。大勢の幼子が戯れているような音である。

喜十は通り沿いの表店の軒下や板塀の陰などに身を隠しながら、渋谷の跡を尾けた。

渋谷は東神田の町筋を歩き、神田川沿いにつづく柳原通りへ出た。

……まさか、辻斬りをやる気じゃァねえだろうな。

柳原通りは静かだった。遠方に、提灯の灯が見えた。ときおり、通りかかる者もいるようだ。

渋谷はぶらぶらと柳原通りを筋違《すじかい》御門の方へむかって歩いていく。

八ツ小路近くまで来て、渋谷は左手の路地へ入った。そこは、小柳町である。路地へ入ってすぐ、渋谷は仕舞屋《しもたや》ふうの小体な家の戸口に立った。そして、引き戸をあけてなかへ入っていった。鍵や心張り棒は支《か》ってなかったらしい。

喜十は足音を忍ばせて、戸口に身を寄せた。家のなかから床板を踏む音や障子をあける音がかすかに聞こえてきた。渋谷が入っていったらしい。いっときすると、障子が明らんだ。渋谷が火を点けたのであろう。

……見つけたぜ！

ここが、やつの塒だと確信した。高砂町の賭場を出て、ここに住み着いたのだろう。

喜十は、そっと戸口から離れた。ここから先は明日である。

翌朝、喜十はふたたび小柳町に足を運んだ。まず、近所で渋谷のことを聞き込んでみようと思ったのである。

喜十は渋谷が入っていった仕舞屋近くの通りを歩き、酒屋を見つけてなかに入った。酒好きの渋谷なら、酒を買いに立ち寄るのではないかと思ったのである。

初老の親爺に波銭を何枚か握らせて、仕舞屋の住人のことを訊くと、

「名は知らねえが、一月《ひとつき》ほど前から住むようになったようだな」

と、銭を握りしめて言った。

仕舞屋は、五年ほど前まで薬種問屋の主人の妾宅だったが、囲っていた妾が死にその後は空家になっていたという。

「古い家だ。だれだか知らねえが、安く借りたんだろうよ」

親爺は口元にうす笑いを浮かべて言った。渋谷のことを甲斐性のない貧乏牢人と思っているのかもしれない。

「ひとりで住んでるのかい」

「そうらしいが、ときおり男が訪ねてくるようだな」

親爺によると、大工か船頭のような格好をした若い男だという。

喜十は、渋谷といっしょに左近を襲った男ではないかと思った。

「ほかに、訪ねてくるような男はいねえかい」

「さァ、一度、この通りをお武家といっしょに歩いているのを見かけたことがあるが、家に行ったかどうかは分からねえなァ」

その武士は、羽織袴姿で二刀を帯び、御家人ふうだったという。

「見かけたのは一度だけか」

「十日ほど前になるかな」

それから喜十は、渋谷の馴染みにしている近所の店や御家人ふうの武士のことなどを訊いたが、親爺は知らないようだった。

酒屋を出た足で、喜十は通り沿いの店に三軒立ち寄り、渋谷のことを訊いてみた。酒屋の親爺から聞いたことの他で分かったことは、渋谷がときおり近くの一膳めし屋に酒を飲みに行くことだけだった。無理もない。仕舞屋に住むようになって一月ほどでは、近所の者が知らなくて当然だろう。

その日、喜十は亀田屋へ足を運んだ。茂蔵たちに、渋谷の塒が知れたことを伝えておこうと思ったのである。

亀田屋の離れには、茂蔵と左近がいた。喜十から話を聞いた茂蔵が、

「やっと、一味の尻尾《しっぽ》をつかんだな」

と言って、目をひからせた。

「やつをどうしやす？」

喜十が訊いた。

「そうだな」

茂蔵はいっとき虚空に視線をとめて黙考していたが、

「しばらく、泳がせよう」

と、言った。いま、渋谷を斬ってしまうと、せっかくつかんだ一味を手繰《たぐ》る糸が切れてしまうというのだ。

「おれもそう思う。やつは、一味の殺し屋だ。捕らえても吐かんだろうし、たいしたことは知らぬはずだ。泳がせておいて、仲間の塒をつかんでから斬っても遅くない」

脇から、左近が言い添えた。

「承知しやした。あっしが、やつを見張りやすぜ」

喜十も、茂蔵や左近の言うとおりだと思った。

「喜十、こちらにも動きがあったぞ」

茂蔵が声をあらためて言った。

「動きといいやすと」

「廻船問屋の太田屋を知っているか」

「店を見たことはありやす」

行徳河岸沿いにある大店である。

「一味は、太田屋から金を騙し取ろうとしているようなのだ」

茂蔵が岩井から聞いたことをかいつまんで話した。

「やつら、商人にも手を伸ばしゃァがったのか」

「それも、今度は高額だ。はっきりしたことは分からないが、三千両ほど騙し取ろうとしているようだ」

「三千両……」

喜十が目を剝いた。

「やつら、すぐにも太田屋と接触するはずだ。いま、おれと左近さま、それにお蘭さんも、太田屋に目を配っている。……そういうことでな、渋谷のことは喜十に頼むしかないのだ」

「ようがす」

喜十が声を強くして言った。

3

神田須田町に信濃屋《しなのや》という老舗のそば屋があった。その二階の座敷で、室田、関、千熊、田倉の四人が飲んでいた。須田町は小柳町の隣町で道場から近かったこともあり、室田たちはときおり信濃屋で飲むことがあったのだ。

「師匠、太田屋は見張られているような気がしますが」

関が言った。関は室田のことを、むかし門弟だったときと同じように師匠と呼んでいる。ただ、ちかごろは門弟がいないこともあり、お互いにくだけた物言いをするようになっていた。

「どういうことだ」

室田が驚いたような顔をして訊いた。

「ここ三日ほど、太田屋のそばを通りながら様子を見たのですが、二度、同じ男を見かけましてね」

関によると、ひとりは牢人体の男で、もうひとりは大柄な商家の主人らしい男だという。

「何か不審な様子でもあったのか」

「いえ、ただ太田屋の前を歩いていただけですが、妙なのは、二度とも牢人のすぐ後ろを同じ商人らしい男が歩いていたことです。それに、ふたりとも腰が据わり、武芸で鍛えた体をしていました」

「商人も、武芸で鍛えた体付きをしていたのか」

室田が杯を手にしたまま訊いた。

「それがしには、そう見えました。それに、牢人は渋谷と辰次が仕掛けた男かもしれませんよ」

左近の跡を尾けまわしていた町人体の男の名が、辰次である。

「となると、ふたりは影目付か」

室田の杯が口元でとまっていた。

「そういえば、御前さまが、影目付には商人や職人ふうの男もいるようだと仰せられていたぞ」

脇で聞いていた千熊が口を挟んだ。いつものように愛想のいい顔をしていたが、物言いは無愛想だった。

「だが、どうして、わしらが太田屋に手を出したことを知ったのだ」

そう言うと、室田は飲まずに手にした杯を膳の上に置いた。

「油断はできませんね。御前さまから聞いた話だが、以前御徒頭だった者が武芸の達者を集めて影目付に挑んだが、皆殺しになったそうですよ。下手《へた》をすると、われらもその者たちの二の舞いになります」

千熊は顔の笑みを消して言った。

「得体の知れぬやつらだな。迂闊に、太田屋とも会えぬぞ」

「しばらく、様子を見ますか」

と、関。

田倉は関の脇で、黙って飲んでいる。

「いや、だめだ。太田屋は三千両だぞ。松谷藩と青田はともかく、太田屋からは手を引かぬ。それに、どの道、影目付を始末せねばならんのだ。……どうだ、その牢人と商人に仕掛けてみるか。影目付なら、切っ先をむけただけで分かろう」

「ふたりいっしょのときに？」

関が訊いた。

「わしとおまえ、それに渋谷をくわえれば、ふたりが手練だとしても、後れをとるようなことはあるまい」

「おもしろい」

関が口元にうす笑いを浮かべた。道場の師範代をしていただけあって、腕に自信があるようだ。

「関、ひきつづき太田屋に目をくばり、ふたりがあらわれたら跡を尾けてくれ。埒が別なら、ひとりずつ襲ってもよい」

「承知」

そう言うと、関は銚子を取り、室田が飲み干すのを待ってから杯についだ。

「室田どの、こちらの住居を先に嗅ぎ付けられるかもしれませんよ」

千熊が言った。

「ありうるな。とくに、わしの道場はあぶない。そうでなくとも、つぶれ道場は目に付くからな」

室田たちは、これまで何度か小柳町の道場に集まって密談や酒盛りをしていた。道場に出入りする者たちを目にして、近所の住人が不審を抱いたかもしれない。そうした噂が影目付の耳にとどく恐れは十分にあった。

「しばらく、住処を変えるか」

「それがいいでしょう。おれは、屋敷を変えるわけにはいかないが」

千熊は渋い顔をして言った。

「師匠、どこか当てはありますか」

関が訊いた。

「おまえの借家はどうだ」

関は家を出て古い借家にひとりで住んでいた。

「むさくるしい所でよければ、どうぞ」

「いっときの辛抱だ。金は入るし、大名の師範代になれば、屋敷の心配をすることもあるまい」

そう言って、室田が傍らの田倉の方に目をやると、

「それがしも、師匠と同行させていただきます」

と、小声で言った。田倉も行く当てはなかったのである。

「田倉も来るといい。ふたりも三人もいっしょだからな。それで、渋谷と辰次はどうします。ふたりにも、このことを知らせ、塒を変えるよう伝えますか」

関が室田に訊いた。

「あのふたりはいいだろう。元々、目立たぬ借家と長屋暮らしだ。塒を変えることもあるまい」

室田は口にはしなかったが、渋谷と辰次の身を守ってやる気はなかったのである。

「いずれ、あのふたりは邪魔になるでしょうからね」

千熊がそう言って、関と室田に目をやった。細い双眸が酷薄そうにひかっている。

「もっともだ。あのふたりは、野良犬だからな。いずれ、町方の世話になるだろう。そのとき、われらのことまでしゃべられてはかなわん」

室田の口元にもうす笑いが浮いていた。

4

喜十が渋谷の住む仕舞屋を見張り始めて二日目だった。頰っかむりした町人体の男が、仕舞屋の戸口に立った。黒の半纏に紺の股引姿である。

喜十は戸口から十間ほど離れた空地の笹藪《ささやぶ》のなかに屈《かが》んで身を隠し、あらわれた男を見つめていた。

……あいつかもしれねえ。

と、喜十は思った。顔は見えなかったが、いかにも敏捷そうな男である。それに、闇に住む者特有の陰湿で酷薄な感じを身辺にただよわせている。

男は引き戸をあけて、なかに声をかけた。すると、すぐに家のなかからくぐもった返事が聞こえ、渋谷が戸口に姿を見せた。

……辰次、行くのか。

渋谷は町人体の男に声をかけた。どうやら、男の名は辰次というらしい。

……へい、ですが、今夜は様子を見るだけですぜ。

辰次が答えた。

ふたりは路地を抜けて、柳原通りへ出た。両国の方へ歩いていく。

暮れ六ツ（午後六時）すこし前だった。西の空には残照があり、柳原通りはまだ明るかった。仕事を終えた職人や大工、家路を急ぐ子供連れの母親、供連れの武士などが、忍び寄る夕闇に急《せ》かされるように足早に行き交っている。

ふたりは柳原通りをしばらく歩くと、右手の通りへ入った。浜町河岸へつづく通りである。

喜十は、ふたりで笹屋へ行くのかと思ったが、そうではなかった。高砂橋のたもとを通り過ぎ、さらに大川の方へむかったのだ。

暮れ六ツを過ぎ、辺りはしだいに暮色に染まってきた。西の空の残照も薄れ、青かった上空も夜の色に変わり始めていた。

ふたりは大川端へ出た。右手にまがり、行徳河岸の方へ歩いていく。

……太田屋かもしれねえ。

喜十の脳裏に、茂蔵から聞いた話がよぎった。

ふたりは掘割にかかる汐留橋《しおどめばし》のたもとまで来て足をとめた。半町ほど先に、太田屋の土蔵造りの店舗が見えた。夕闇のなかに、大店らしい二階建ての店舗が他店を圧するようにどっしりと建っていた。

ふたりはいっとき、太田屋の方に目をやっていたが、辰次だけがその場を離れて太田屋の方に近付いていった。様子を見に行ったのかもしれない。

辰次は太田屋に近付くと店仕舞いした表店の軒下に身を寄せ、足をとめてしばらく太田屋の店先に目をやっていたが、そのまま引き返してきた。

ふたりは汐留橋のたもとで何やら言葉を交わしたようだったが、すぐにきびすを返し、喜十のいる方にもどってきた。

喜十は慌てて近くの路地に飛び込んだ。ここで、ふたりに気付かれたら命はない。

幸い、喜十には気付かないようだった。ふたりは来た道を引き返していく。喜十は路地から出て、ふたたびふたりの跡を尾け始めた。

ふたりは浜町堀をもどり、笹屋に入った。どうやら、太田屋の様子を見た後、笹屋で飲むつもりだったらしい。

……今夜は、とことん付き合ってやるぜ。

喜十はふたりが店から出てくるまで待つつもりで、笹屋の隣店の軒下に座り込んだ。そこなら、堀の水面を渡ってきた寒風を防ぐことができたのだ。それでも、じっとしていると体の芯《しん》から冷えてきた。喜十の酔いは、とっくに醒《さ》めている。

……ち、ちくしょう。熱燗《あつかん》で一杯《いっぺえ》やりてえぜ。

喜十は顫える体を両腕で抱きしめながら、寒さに耐えていた。

それから一刻（二時間）ほどして、ふたりは店から出てきた。くぐもった声で何か話しながら、来た道を東神田の方へ歩いていく。

浜町堀がとぎれ亀井町に入ってしばらく歩いたとき、ふたりは別れ、辰次だけが右手の路地へ入っていた。渋谷は柳原通りの方へむかっていく。

喜十は辰次を尾けることにした。渋谷はそのまま小柳町の家へ帰るだけだろうと思ったからである。

辰次は表通りを二町ほど歩いてから細い路地へまがった。そして、軒先に足袋《たび》の看板の下がった小体な足袋屋の脇の路地木戸へ入っていった。長屋らしい。ここが、辰次の塒のようだ。

……今夜はここまでだ。

喜十は胸の内で叫ぶと、小走りにその場を離れた。寒いうえに腹も減っていたのだ。

その夜、喜十は鎌倉町まで帰ると、多左衛門長屋近くの一膳めし屋に飛び込み、熱燗の酒とめしを頼んだ。

熱い酒で体を温めながら、喜十は中山道を流れ歩いていたときのことを思い出した。身を切るような上州の空っ風に吹かれながら、空腹に耐えて旅をつづけていたときの辛《つら》さが、胸によみがえってきたのだ。

……あのころのことを思えば、いまは極楽かもしれねえなァ。

酔いがまわってきたのか、体がぽかぽかと温かくなってきた。その夜、喜十は足がふらつくまで飲み、長屋へ帰ると夜具にくるまって陽が高くなるまで眠った。

翌朝、喜十は長屋の井戸端で顔を洗うと、巾着だけ懐に入れて長屋を出た。途中、そば屋にでも立ち寄って腹ごしらえをしてから亀井町へ行くつもりだった。辰次の正体を確かめるのである。

途中で出会ったぼてふりに訊くと、辰次の住む長屋は庄造店《しょうぞうだな》とのことだった。庄造店にちかい表店に立ち寄って、辰次のことを訊くとすぐに様子が知れた。辰次は長屋の住人はむろんのこと、近所でも恐れられている悪党だという。

辰次は狛犬《こまいぬ》の辰との異名を持つ遊び人だった。狛犬と呼ばれるようになったのは、背中に狛犬の入れ墨があるからだという。辰次は若いころ鳶《とび》をやっていたが、仕事にはほとんど出ず、脅し、騙り、喧嘩、博奕など、盗みと人殺し以外の悪事は何でもやり、近所の者たちも近付かないようにしていたそうである。

「よく、お縄にならねえな」

喜十が、立ち寄った傘屋のあるじに訊いた。

「狡賢《ずるがしこ》い男でしてね。てめえは裏に隠れて仲間にやらせることが多く、なかなか尻尾をつかませないようですよ」

そう言って、あるじは顔をしかめた。

「それで、独り暮らしなのかい」

「年老いた母親といっしょに住んでましたが、三年ほど前に母親が亡くなり、いまは独り暮らしですよ」

「いまも、暮らしぶりは変わらねえのか」

「それが、母親の亡くなった三年前から、すこし様子が変わりましてね。あまり悪い噂は聞かなくなったんですよ。母親が死んで改心したなどと言う者もいますがね、わたしはそうは思いません。毎日、ぶらぶら遊んでるくせに金まわりはいいようだし、陽が沈むころ、ときどき出かけてるようだし、わたしは盗人でもやってるんじゃァないかとみてるんですよ」

あるじが、声をひそめて言った。

「ところで、辰次だが、お侍と付き合ってる様子はねえかい」

騙り一味は、武士集団である。辰次が一味なら、武士が長屋に訪ねてくることもあったろう。

「何度か、お侍さまと歩いてるのを見たことがありますよ。辰次は、若いころ剣術道場に通っていたことがあると聞いてますんで、そのかかわりだと思いますが」

「町人のくせに、剣術を習ってたのか」

喜十が驚いたような顔をして訊いた。

「喧嘩に強くなりたい一心からでしょうよ。それに、道場に通うといっても下働きのようなことをしながら、手解《てほど》きを受けたと聞いてますよ」

そのとき騙り一味とのつながりができたのかもしれない、と喜十は思った。

「それで、道場はどこだい」

道場が分かれば、騙り一味を手繰れるかもしれない。

「分かりませんよ。数年前のことだし、長く通っていたわけでもないからね」

あるじは帳場の方を振り返り、仕事にもどりたいような素振りを見せた。いつまでも油を売ってはいられないと思ったようだ。

喜十は傘屋のあるじに礼を言って店を出た。

5

茂蔵が納得したような顔をした。

喜十は小柳町から亀田屋へむかい、離れにいた茂蔵と左近に辰次のことを話したのである。

「辰次のことを知ってるんですかい」

喜十が訊いた。

「いや、何年か前に噂を聞いたことがあるだけだ。……だが、左近さまを襲ったひとりが狛犬の辰なら腑に落ちる。騙り一味は仲間うちのつなぎや見張り役に、辰次を仲間にくわえたのだろうな」

茂蔵といっしょに座敷で茶を飲んでいた左近が、

「辰次が通っていたという道場は、分からないのか」

と、訊いた。左近は剣術道場のことが気になっているようだった。

「それが、分からねえんで」

「辰次を捕らえて、拷問《せめ》にかけましょうか」

と、茂蔵。

「そうだな。騙り一味のことも吐かせられるかもしれんな。だが、念のため、お頭の耳に入れておいた方がいいだろう」

「では、弥之助につながせましょう」

茂蔵たち三人は明日の夜に小柳町へ行き、辰次を捕らえることにした。

「やつを、小柳町からここまで連れてくるのが面倒ですぜ」

喜十が言った。

小柳町から亀田屋のある京橋、水谷町まではかなり距離がある。夜更けに連行するとしても、何人かの者の目にとまるのは、避けられない。それに、辰次も抵抗して暴れるはずである。

「舟を使おう」

茂蔵が、辰次を小柳町にちかい神田川の桟橋から猪牙舟《ちょきぶね》に乗せ、大川へ出て八丁堀川を溯《さかのぼ》れば亀田屋の近くまでこられることを話した。

「それはいい」

左近も同意した。

翌日、喜十は暮れ六ツ（午後六時）前に小柳町へ行き、辰次が長屋にいることを確かめた上で、庄造長屋につづく路地木戸を見張った。夜が更けてから長屋に踏み込み、辰次を捕らえて連れ出す手筈になっていたのだ。

　ところが、暮れ六ツを過ぎて間もなく、路地木戸から辰次が通りへ出て来たのだ。

……どこへ行くつもりだ。

　やむなく喜十は、身を隠していた路傍の樹陰から通りへ出た。辰次の跡を尾けて、行き先を確かめねばならない。

　辰次は路地木戸からしばらく歩き、縄暖簾を出した飲み屋に入っていった。どうやら、一杯やりに塒から出てきたようである。

　喜十は、辰次が店から出てくるまで待つしかなかった。一刻（二時間）ほど経ったが、辰次は店から出てこなかった。腰を据えて飲んでいるらしい。喜十は苛々してきた。そろそろ茂蔵たちが来るころである。

　喜十は茂蔵たちに庄造長屋のある場所と、長屋へ出入りする路地木戸の脇に足袋屋があることを話し、五ツ（午後八時）ごろ足袋屋の店先で会う手筈になっていたのだ。

　しかたなく、喜十は飲み屋の見張りをやめて庄造長屋の方へ走った。

　足袋屋の店先に、茂蔵と左近が待っていた。左近はふだんのままだが、茂蔵は紺の筒袖と黒のたっつけ袴だった。おそらく、舟の上で着替えたのであろう。その姿は亀田屋の主人、茂蔵ではなかった。双眸にするどいひかりがある。制剛流の達者であり、黒鍬頭でもあった黒木与次郎を彷彿《ほうふつ》させる凄味があった。

「辰次は長屋を出てやすぜ」

喜十は、辰次が長屋を出て近所の飲み屋にいることを話した。

「ともかく、その飲み屋へ行こう」

すぐに、茂蔵が言った。

三人は小走りに飲み屋にむかった。

「あの店で」

喜十が路傍に足をとめて指差した。

軒先につるした赤提灯が、戸口をぼんやりと照らしていた。店のなかから男の濁声《だみごえ》や哄笑などが聞こえてきた。何人かの客がいるようである。煮物の匂いが、かすかに大気のなかにただよっていた。

「あっしが、覗いてきやす」

そう言って、飲み屋の方に歩きかけた喜十の足が、ふいにとまった。

そのとき、飲み屋の腰高障子があいて男がひとり出てきたのだ。辰次である。咄嗟に、喜十は脇に跳び、店仕舞いした表店の軒下闇に身を隠した。

状況を察した茂蔵と左近も濃い闇のなかへ身を沈めた。三人は黒っぽい身装《みなり》をしていたので闇に溶けて見えないはずである。

辰次はぶらぶらと、喜十たちのひそんでいる方へ歩いてくる。身を隠した喜十たちに気付かないようだ。

「ここで、仕掛ける」

茂蔵が声を殺して言った。

喜十と左近が、無言でうなずいた。

「左近さまと喜十は、やつの後ろへまわってくれ」

「分かった」

喜十が小声で答えた。

辰次は何かつぶやきながら喜十たちの前までやってきた。酔っているらしく、足元がふらついている。

そのとき、茂蔵が辰次の前に飛び出した。つづいて、喜十と左近が軒下から出て辰次の後ろへまわった。

突然飛び出した茂蔵の姿を見て、辰次はギョッとしたように立ち竦《すく》んだ。茂蔵の黒い巨軀《きょく》が巨獣のように見えたのかもしれない。

それでも、辰次はすぐに人と気付いたとみえ、

「だ、だれでえ！」

と、声を震わせて訊いた。

茂蔵は無言のまま、辰次に身を寄せていった。茂蔵は素手だったが、その迫力に恐怖を感じたらしく、辰次は反転して逃げようとした。

背後には、喜十と左近が立っていた。

「逃げられぬ」

茂蔵が言いざま、スッと辰次に身を寄せた。

辰次は獣の吠えるような声を上げ、ふところに呑んだ匕首を抜こうと右手をつっ込んだ。

そこへ、茂蔵の当身《あてみ》が鳩尾《みぞおち》に入った。一瞬の早業である。

辰次は喉のつまった呻き声を上げ、そのまま前に倒れるところを、茂蔵が両腕を出して抱きかかえた。

「たわいもない」

茂蔵は気を失った辰次を軽々と小脇にかかえた。茂蔵は剛力の主でもあった。

「長居は無用、弥之助が舟で待っている」

茂蔵は辰次を抱えたまま走りだした。喜十と左近が後につづく。

人影のない町筋は、ひっそりと夜の帳《とばり》に沈んでいた。月光の下を三つの人影が踊るように過ぎていく。

6

拷問蔵《せめぐら》のなかで、百目蠟燭の火が揺れていた。その火に照らされ、四人の男が浮かび上がっていた。岩井、茂蔵、左近、それに喜十である。

四人の足元には、後ろ手に縛られ、猿轡《さるぐつわ》をかまされた辰次が横たわっていた。低い呻き声が洩れている。意識を取り戻したようだ。

拷問蔵は、亀田屋の敷地の奥に建っていた。古い蔵で、庇《ひさし》は落ち、漆喰《しっくい》壁の一部はくずれていた。

この蔵は茂蔵が献残屋を始める前から建っていたもので、奉公人たちは蔵を壊し、新しい蔵を建てるように進言した。

ところが、茂蔵は、反古《ほご》になった帳簿や瀬戸物などは置いておけますよ、雨曝《あまざら》しよりいいでしょう、そう言って、古い蔵を残した。茂蔵の腹には、拷問蔵に使えるという思いがあったのだ。むろん、すこし離れた場所に新しい蔵は建ててある。

その後、奉公人たちは古い蔵をまったく利用せず、近付くこともなかった。茂蔵の思惑どおり、いい拷問蔵になったのである。

「猿轡を取ってやれ」

岩井が低い声で言った。

すぐに、茂蔵が辰次の猿轡をはずし、上半身を起こした。

「お、おめえたちが、亡者だな」

辰次が声を震わせて訊いた。顔が紙のように蒼《あお》ざめている。

「そうだ」

「ここは、どこだ！」

「地獄の拷問蔵だよ」

「な、なに……」

辰次が息を呑んだ。顔が恐怖にひき攣っている。

「さて、訊くぞ。おまえたちの仲間は何人だ」

岩井が辰次を見すえて訊いた。その双眸が蠟燭の火を映して熾火《おきび》のようにひかっている。

ふだんの岩井とは、顔付きも物言いもちがっていた。影目付の頭らしい迫力と凄味がある。

「し、知るけえ」

辰次は岩井から顔をそむけた。

「すぐにはしゃべる気になるまいが、われらの拷問《せめ》は地獄の鬼より恐ろしいぞ。いまだ、われらの拷問を受けて、口を割らなかった者はおらぬ」

「…………」

辰次は岩井から顔をそむけたままだが、その体が恐怖に顫えていた。

「しゃべりたくなったら、首を縦に振るがよい」

そう言って、岩井は茂蔵に目配せした。

すぐに、茂蔵は辰次に猿轡をかませた。亀田屋の奉公人は眠っているはずだが、辰次の絶叫を聞かれたくなかったのである。

「茂蔵、やってくれ」

「承知しました」

茂蔵は蔵の隅に置いてある小《こ》簞笥《だんす》の引き出しから、三本の三寸余の長い針を取り出した。拷問具として使っている畳針である。

「辰次、これをな、おまえの爪の間に刺す。……一本、一本、ゆっくりとな。これまで、この拷問に耐えられた者はおらぬ」

茂蔵は辰次の鼻先に畳針を差し出しながら言った。

恵比寿のような茂蔵の顔が豹変していた。細い目がうすくひかり、唇が血を含んだような赤みを帯びている。茂蔵の福相が鬼のように見えた。

「喜十、暴れると面倒だ。後ろから押さえてくれ」

茂蔵が言うと、すぐに喜十が辰次の後ろにまわって両肩を押さえた。

すでに、茂蔵は同じような拷問を何度かしているので、手順にそつはなかった。

「さァ、いくぞ」

茂蔵は脇から左手で、後ろ手に縛られている辰次の右手の親指をつかんだ。万力のような強い力である。

そして、爪の間にゆっくりと針を突き刺していく。痛みを増すために、わざとゆっくり刺しているのだ。

辰次は脳天に突き上げるような激痛に上半身を激しくよじった。元結《もとゆい》が切れ、ざんばら髪になった。その髪を乱し、狂乱したように首を振りまわしている。

「どうだな、しゃべる気になったかな」

茂蔵が針を抜いて声をかけたが、辰次は首を縦に振らなかった。

激しく肩を上下させ、猿轡の間から絞り出すような呻き声を洩らしている。

「なかなか強情だな。茂蔵、まだその気にはならぬようだ」

岩井が言うと、茂蔵は辰次の人差し指をつかんだ。

辰次は激痛に目をつり上げ、首を激しく振りまわした。ざんばら髪が顔や首に巻き付き、口の端が切れて流れ出た血が飛び散った。

そのとき、辰次の上半身が伸び上がるように反り返ったかと思うと、首が折れたように前に落ちた。失神したようである。

「喜十、水をかけてくれ」

茂蔵が言った。

このために手桶に水が汲んであった。喜十がその手桶をつかみ、辰次の頭から水をぶっかけた。

すぐに、辰次は意識をとりもどした。白い目玉が、きょろきょろと動いた。濡れた顔が恐怖にゆがんでいる。

「さて、次は小指だな。この拷問は死ぬまでつづくぞ」

そう言って、茂蔵が辰次の小指をつかんで針先を爪の間に当てたときだった。

辰次が怯えたような目を茂蔵にむけ、ガクリと首を縦に振った。

「やっと、話す気になったようだな。喜十、猿轡を取ってやれ」

岩井がおだやかな声音で言った。

喜十が猿轡を取ると、辰次は肩を上下させながらハアハアと荒い息を吐いた。ざんばら髪が濡れて頬や首筋に張り付き、唇の端から流れ出た血が顎と首筋を赤く染めていた。凄絶な顔である。

「あらためて訊く、おまえの仲間は」

辰次は、荒い息を吐きながらいっとき虚空に視線をとめていたが、

「あ、あっしが知ってるのは、四人だけだ」

と、声を震わせて言った。

「四人の名をもうせ」

「室田さまに、関さま、田倉さま、それに渋谷の旦那だ」

辰次が切れ切れに話したところによると、室田勘兵衛が道場主で、関次郎太が師範代、田倉兵助は門弟だったという。道場は小柳町にあるが、いまはつぶれ、他に門弟はいないとのことである。

「まちげえねえ。こいつは、若いころ剣術道場に通っていやした。そのころの縁で、室田たちとつるんだにちげえねえ」

脇にいた喜十が言った。

「室田は、いまも小柳町の道場に住んでいるのか」

「いるはずだ」

ここ数日、辰次は小柳町の道場へ行っていなかったのだ。

「関と田倉の住居《すまい》は？」

「し、知らねえ。ふたりは道場に泊まることが多いから、行けばいるだろうよ」

「他にも仲間はいるはずだがな」

松谷藩と青田家にあらわれたのは三人の武士だが、なかに身分のありそうな者がいたと聞いていた。

「他にもいるようだが、あっしは名も知らねえし、会ったこともねえ」

「うむ……」

辰次が隠しているようには見えなかった。

「それで、頭はだれだ」

岩井が声をあらためて訊いた。騙り一味は幕閣の事情にもくわしく、信明と松谷藩のかかわりまで知っている節があった。町道場主や門弟が、そこまで知っているはずはないのである。

「御前さまと呼んでやしたぜ」

「やはり、御前さまか」

岩井はお蘭から御前さまのことは聞いていた。どうやら、御前さまと呼ばれる男が一味の頭目格らしい。

「その御前さまだが、住居はどこだ」

岩井は、御前さまの名を知らなくとも住居は知っているかと思ったのである。

「聞いてねえ。あっしは顔を見たこともねえんだ」

辰次が声を強くして言った。

「ところで、おまえたちの狙いは何だ。金だけではあるまい」

岩井には、金だけで室田や関たちが御前さまと呼ばれる男とつながっているようには思えなかったのだ。

「室田さまたちは、旗本でも剣術の指南役でも望み次第だと言ってやしたぜ。もっとも、あっしは金が欲しかっただけですがね」

辰次が首をすくめながら言った。

「もうひとつ訊く。なにゆえ、われらの命を狙う」

岩井は、渋谷と辰次が左近を襲ったことからみて、一味の狙いは影目付の暗殺にもあるような気がしていたのだ。

「あっしにはよく分からねえが、御前さまに亡者たちを皆殺しにするよう言われてるようですぜ」

そう言って、辰次が口をゆがめて嘲笑を浮かべた。まわりに立っている男たちの斬り殺される光景が、脳裏をよぎったのかもしれない。

「御前さまの指示か」

どうやら、御前さまが忠成や板倉とつながっているようだ。

これまでも、忠成や板倉は影目付を殲滅《せんめつ》するためにひそかに刺客集団を送ってきたのだ。おそらく、剣術指南役への推挙や旗本への栄進を餌《えさ》に、室田たちに影目付を始末させようと画策したにちがいない。

岩井が口をつぐんで土蔵の隅の闇を睨むように見すえていると、

「旦那、あっしの知ってることはみんな話しやした。室田さまたちとも、きっぱり縁を切りやすから、あっしを帰《けえ》してくだせえ」

辰次が訴えるような声で言った。

「かわいそうだが、おまえが縁を切るのは、この世だ」

岩井はそう言うと、茂蔵を見てちいさくうなずいた。

辰次の身が、凍り付いたように固まった。顔が恐怖にひき攣っている。

茂蔵は辰次の背後にまわると、抱え込むように太い右腕を辰次の顎にまわし、左手を辰次の肩に当てて体を押さえつけた。

辰次は逃れようと必死でもがいたが、茂蔵の強力《ごうりき》に押さえつけられて身動きできなかった。顎も圧迫されているために声も出ない。

茂蔵がグイと右腕をひねった。にぶい骨音がし、辰次の首がねじれたようにまがった。首の骨が折れたようである。

茂蔵が腕を離すと、辰次の首が前に落ち、そのまま前に屈むように上体を折り曲げた。絶命したらしく、息の音は聞こえなかった。

「お頭、辰次は大川に流します」

茂蔵が低い声で言った。その顔がかすかに赤みを帯びているだけで、息の乱れもなかった。

7

「あれか」

茂蔵が指差した。

通りからすこし入ったところに、古い道場らしき建物があった。周囲が板壁で武者窓もある。ただ、かなり古く、朽ちかけていた。庇は落ち、所々板壁もはげて隙間ができている。

その道場につづいて、母屋があった。母屋といっても、座敷が二間ほどしかない柿葺《こけらぶ》きのちいさな家である。そこが、道場主の住居であろう。

「人の気配がしないが」

左近が言った。

辰次から話を聞いた翌日である。茂蔵と左近は、小柳町に足を運んで来たのだ。

小柳町の町筋に入って室田道場のことを訊くとすぐに分かり、教えられた場所に来ていたのだ。

「左近さまは、ここにいてください。わたしが様子を見てきましょう」

そう言い残して、茂蔵は道場に近寄った。左近は路傍に立って、茂蔵の背に目をむけている。

戸口は板戸がしまっていた。茂蔵は戸に耳を寄せてみた。道場のなかは森閑として、何の物音もしなかった。人のいる気配もない。

茂蔵は道場の脇へまわった。朽ちてはがれている板壁の隙間からなかを覗いて見たが、やはり人影はなかった。しばらく稽古はしていないらしく、床板にうっすらと白い埃が積もっている。

茂蔵は裏手の母屋にも行ってみた。やはり、戸口はしまったままで住人の姿はなかった。

「留守のようです」

茂蔵がもどって来て言った。

「出かけているのかな」

「だれもいないというのは妙ですね。それに、あまり暮らしの匂いがしませんが」

辰次は、道場には室田の他に師範代の関と門弟の田倉がいることが多いと話したが、だれもいないのである。

「近所で、様子を訊いてみるか」

「そうしましょう」

茂蔵と左近は、一刻（二時間）ほどしたら、この場にもどることを約して別れた。ふたりいっしょに訊きまわることはないと思ったのである。

茂蔵は表通りを歩きながら、酒屋と米屋を探した。男たちの暮らしに酒と米は欠かせないと思ったからである。

通り沿いに舂米屋《つきまい》があった。舂米屋は玄米を自店で舂き、一升でも二升でも小売りする米屋である。

店内に入ると、玄米を入れた米俵が積んであり、店の親爺らしい男が唐臼《からうす》を踏んでいた。四十がらみと思われる浅黒い顔をした男である。

「ごめんなさいよ」

茂蔵は店先で声をかけた。茂蔵は商家の主人らしい格好で来ていたので、それらしい物言いをしたのである。

「旦那、何かご用で」

親爺は踏んでいた唐臼から離れ、店先へ出てきた。鬢や肩先に小糠《こぬか》が付いて黄ばんでいた。

「お訊きしたいことがございましてね」

そう言うと、茂蔵は財布から一朱銀を取り出して、親爺に握らせてやった。

「何でございましょう」

親爺は満面に笑みを浮かべて、腰を屈めた。一朱は大金である。親爺にとっては、思いがけない実入りだったにちがいない。

「この先に、剣術の道場がございますが、空家でございますか」

「い、いえ、室田という先生がお住まいですが……」

親爺が、どうして、剣術道場のことなど訊くのかという顔をした。

「なに、この辺りに土地を探してましてね。敷地はひろいし、空家なら持ち主を探して譲ってもらおうかと思いましてね」

「土地をお探しですかい。で、何かご商売をなさるんで？」

親爺が目をひからせて訊いた。

「いや、まァ、それは土地が手に入った後のことで……。さきほど、通りから覗いて見たんですが、どなたもいなかったようですよ」

「そういゃア、ここ四、五日、戸がしまったままだな」

親爺が不審そうな顔をした。

「剣術の先生が、おひとりでお住まいだったんですかね」

茂蔵がそれとなく訊いた。

「いえ、田倉さまというご門弟がいっしょに住んでたようですが……。それに、ご師範代だった関さまも、ちょくちょく泊まっていかれたようですよ」

親爺は、ときおり、田倉が米を買いに来るので話したことがあると言い添えた。

「お留守にすることはよくあるんですか」

「いや、いつもだれかいるはずなんだが……。おかしいな」

親爺は首をひねった。

「つかぬことを伺いますが、道場で稽古はしてないんでしょうか」

「ここ、四、五年、稽古はしてないようですよ。門弟も、関さまと田倉さましかいないようですしね」

「余計なことですが、何をして暮らしておられるんです？」

「田倉さまは、出稽古に行くと言ってましたが」

「出稽古ですか」

室田は古い門弟の屋敷をまわって稽古をつけていたようだ。それにしても、礼金はわずかであったろう。

「出稽古に行かれたのは、どなたのお屋敷ですかね」

茂蔵は出稽古の先が分かれば、室田のことをさらに詳しく知ることができると思ったのである。

「さァ、そこまでは知りませんね」

そう言うと、親爺は前垂れをたたいて付着していた小糠を払った。そろそろ仕事にもどりたいようである。

茂蔵は春米屋を出た。親爺もそれ以上知らないようだったのだ。

それから、茂蔵は一町ほど先にあった酒屋に入って訊いたが、新しいことは何も聞き出せなかった。

道場の近くにもどると、左近が待っていた。ふたりは日本橋通りへ出ると、京橋の方へもどりながら話した。

茂蔵が聞き込んだことを一通り話すと、

「室田たちは、道場から姿を消したのかもしれんな」

と、左近が言った。

左近によると、夕暮れ時、室田とふたりの門弟が大きな風呂敷包みを持って裏通りを歩いているのを見た者がいるという。

「わたしらが探っていることに気付いたんでしょうかね」

「そうかもしれん。いずれにしろ、手繰っていた糸が切れたわけだな」

「室田たちは出稽古に行っていたようですが、その屋敷が分かれば、三人のことが詳しく知れるんですがね」

「おれが、当たってみよう。室田は直心影流だそうだ。同流を学んだ者に訊けば、様子が知れよう」

左近がつぶやくような声で言った。

日本橋通りは賑わっていた。さまざまな身分の老若男女が行き交っている。その人混みのなかに、茂蔵と左近の跡を尾けている者がいた。羽織袴姿で二刀を帯びていたが、着古した粗末な衣装だった。牢人とも、軽格の御家人とも見える。田倉兵助だった。田倉は室田に命じられて、道場を見張っていたのである。

田倉は人混みを縫いながらふたりの跡を尾けていく。

第五章　御前さま

1

京橋、水谷町の八丁堀川沿いの道をひとりの武士が歩いていた。田倉兵助である。田倉は人の流れにまぎれながら、大川の方にむかっていく。途中、亀田屋の前を通るとき、チラッと店舗に目をやったが、足をとめるでもなくそのまま通り過ぎた。

田倉は室田道場のある小柳町から茂蔵と左近の跡を尾け、ふたりが亀田屋に入ったのを確かめたのだ。そして今日、ふたりの正体をつかむために出直してきたのである。

田倉は亀田屋から二町ほど先にそば屋があるのを目にし、近付いて暖簾をくぐった。そして、注文を訊きに来た小女《こおんな》に、

「この先の亀田屋に牢人が入っていったが、何を商っているのかな」

と、世間話でもするような口調で訊いた。

「献残屋さんです」

十六、七と見える小女は、声をつまらせて言った。相手が武士だったからであろう。

「献残屋に、牢人が買うような物はないと思うがな」

「そのひと、きっとご主人の碁仲間ですよ」

「碁だと」

田倉が聞き返した。

「ええ、亀田屋さんのご主人、碁好きなんです。それで、近所の碁好きのお武家さまが、裏の離れに来て、碁を打つらしいんです。夜通し打つこともあるらしいですよ」

小娘は声をひそめてそう言うと、何がおかしいのか、口元を手で押さえて笑った。そのとき、板場から、おさよ、おさよ、と呼ぶ声が聞こえ、小女は慌てて板場の方へもどっていった。小女の名はおさよらしい。

……裏の離れが、影目付たちの密会場所になっているのかもしれぬ。

と、田倉は思った。

勘定を払うとき、おさよに、碁好きの主人の名は何というな、と訊くと、茂蔵とのことだった。おさよにそれとなく牢人の名も訊いてみたが、さすがにそこまでは知らなかった。

そば屋を出た田倉は、さらに別の店に立ち寄ったり通りすがりのぼてふりを呼びとめて訊いたりしたが、亀田屋や茂蔵のことで新たに分かったことはなかった。

田倉は日本橋川にかかる白魚橋のたもとまで行って引き返し、ふたたび亀田屋の前を通って京橋へ出た。

神田佐久間町の関の許にもどった田倉は、家にいた関と室田に昨日と今日のことを伝えた。昨夜、関と室田は家を留守にしていて話せなかったのである。

「そのふたり、おれが行徳河岸で目にした牢人と商人ふうの男だ」

関が声を強くして言った。

「やはり、われらを狙って道場を探りに来たか」

と、室田。

「そのふたり、まちがいなく影目付だな」

「それに、亀田屋が影目付たちの密会場所になっているようです」

田倉が、亀田屋の裏の離れに碁仲間と称してときおり武士が集まることを話した。

「やっと、つかんだな。こうなったら、早く討ち取った方がいい。下手をすると、こっちがやられるからな」

室田が虚空を睨みながら、辰次がいなくなったのだ、と言い添えた。

「辰次が」

田倉が聞き返した。

「そうだ。昨夜、関が辰次の住む長屋に立ち寄ったが、姿がなかった。影目付たちの手にかかったとしか思えぬ」

室田がそう言うと、関が、

「長屋の者にそれとなく訊いてみたのだが、辰次はここ四、五日、長屋にもどっていないそうだ」

と、言い添えた。

「どうして、辰次がわれらの仲間だと気付いたんでしょうか」

田倉の顔に、不安そうな表情が浮いた。

「分からぬ。いずれにしろ、われらの身辺にも影目付の手が迫っているとみねばなるまいな。

……だが、われらが先に影目付を討ち取ればよいのだ。幸い、影目付らしいふたりと仲間たちの密会場所もつかんだ。われらが先手を打てる」

室田が語気を強くして言った。

室田たちは、すぐに動いた。まず、渋谷の許に田倉が走り、今夜にも影目付たちを討つことを伝え、関の家に連れてきた。

あらためて室田から事情を聞いた渋谷は、

「その牢人はおれが斬る。辰次を始末したのも、そやつにちがいない」

と、細い目をひからせて言った。一度対戦して逃げられた上に辰次を始末されたことで、渋谷は強い怒りを覚えたらしい。

「牢人は、うぬにまかせよう」

室田たちにすれば、影目付を始末できればだれが斬ってもいいのである。

「それに、おぬしもしばらく身を隠せ。寝込みを襲われるかもしれん」

室田が、ここに来てもいいぞ、と言い添えると、

「しばらく、賭場にでももぐり込むか」

渋谷はうす笑いを浮かべてつぶやいた。

「そろそろまいりますか」

関が言った。

八ツ（午後二時）ごろだった。いつ、影目付たちが亀田屋から出るか分からなかったが、陽が西の空へまわってからであろうと予想したのだ。それに、今日姿を見せなければ、また明日出直せばいいのである。

「行くぞ」

室田が声を上げた。

関の家を出た四人は、人目に付かぬよう分散して水谷町へむかった。

四人は亀田屋の前を通り過ぎて白魚橋のたもとに集まり、身をひそめる場所を相談した。

まだ、亀田屋の主人の茂蔵と牢人が影目付らしいことしか分からず、亀田屋へ乗り込んで討つわけにはいかなかったのだ。

「この先に稲荷《いなり》があります。ひとまず境内《けいだい》に、身を隠したらどうでしょうか」

田倉が言った。すぐ近くに八丁堀川へつながっている掘割があり、その岸辺に稲荷があるという。

「よし、そこで、影目付が姿をあらわすのを待とう」

室田、関、渋谷の三人が稲荷に待機し、田倉が亀田屋近くの路傍に身を隠して影目付と思われるふたりが出て来るのを待つことにした。

2

「そろそろ出かけますかね」

茂蔵はそう言って、手にした黒の碁石を碁盤の上に置いた。

茂蔵と左近は、亀田屋の離れで碁盤を前にして対座していた。ふたりが対局している振りをしていたのは、亀田屋の女中のおまさが茶を淹《い》れに離れに来ていたからである。店の奉公人もおまさも、茂蔵が碁を打っていると信じていたのだ。

「おれは、村松町へ行くが、茂蔵はどうする」

左近が訊いた。

日本橋、村松町に直心影流の道場があり、左近は道場の門弟から室田のことを訊いてみようと思っていたのだ。

「わたしは、太田屋の様子を見がてら柳橋まで足を延ばして、お蘭さんに会ってきますよ」

このところ、お蘭から何の連絡もなかった。それを心配した岩井から、茂蔵に様子を見てきてくれ、と指示されていたのだ。

「弥之助は、愛宕下へ？」

茂蔵が振り返って訊いた。

この日、弥之助は、茂蔵たちとこれまでの探索内容を知らせ合うために離れに来ていたのだ。ただ、さっきまでおまさが離れにいたので、ひとまず裏手の拷問蔵のなかに身を隠し、おまさが去ったのを見て、離れにもどってきたのである。

「へい、騙り一味はまったく姿を見せやせんが、張り込みをつづけやす」

弥之助は町人言葉で言った。

「一味は辰次が始末されたことに気付き、警戒しているのかもしれん。小柳町の道場からも姿を消したからな」

左近が立ち上がりながら言った。

「いずれにしろ、近いうちに姿をあらわしましょう」

そう言って、茂蔵も腰を上げた。

茂蔵と左近は亀田屋の店先から出たが、弥之助だけは脇の路地から通りへ出た。

弥之助は表通りへ出ると、左右に目を配った。亀田屋から出るときは、いつもそうやって不審者がいないか確かめていたのである。

八丁堀川沿いの通りには、ちらほら人影があった。ちかくに桟橋や河岸があるせいか、印半纏姿の船頭や店者などが目につく。ただ、曇天で冷たい風が吹いているせいか、人通りはいつもよりすくなかった。

通りの先に、茂蔵と左近の後ろ姿が見えた。川沿いの道を大川の方へむかって歩いていく。ふたりは途中までいっしょに行くつもりなのだろう。

そのとき、弥之助は茂蔵たちの後ろを足早に歩く武士の姿を目にとめた。軽格の御家人のような身装《みなり》である。武士は前を歩く茂蔵たちに目をやりながら、通り沿いの表店の軒下を伝うように足早に歩いていく。

弥之助の目に、武士が自分の姿を隠しながらだれかを尾けているように映った。

……あいつ、旦那たちを尾けてるのかもしれねえ。

弥之助がそう思ったとき、武士がふいに走りだし、右手の掘割沿いの道へまがった。尾けているのではないが、動きが妙である。

弥之助は走りだした。武士が何をしようとしているのか、気になったのである。

武士は掘割沿いにあった稲荷の赤い鳥居から境内に走り込んだ。

弥之助は堀沿いに積んであった古い材木の陰に身を隠して、稲荷の様子をうかがった。すると、鳥居から駆け込んだ武士が姿をあらわし、つづいて、三人の人影が走り出た。

……騙り一味だ！

弥之助は察知した。

稲荷から出てきた武士は三人、うちひとりは総髪で痩身の牢人だった。弥之助は牢人の姿を見て、喜十や左近から話に聞いていた渋谷ではないかと思ったのだ。

四人の武士は、八丁堀川沿いの道へ出ると、小走りに大川の方へむかった。茂蔵と左近がむかった道である。

弥之助は四人の跡を尾けた。四人は前方の茂蔵たちに気を奪われているらしく、自分たちが尾行されているなどとは思ってもみないようだった。

やがて、前方に茂蔵と左近の後ろ姿が見えてきた。四人は川沿いに身を寄せ、なおも茂蔵たちとの間をつめていく。

八丁堀川にかかる中ノ橋のたもとまで来たとき、四人のうちふたりが走りだして橋を渡った。牢人と大柄な武士は、そのまま茂蔵たちの跡を尾けていく。

……挟み撃ちにする気だ。

弥之助は四人の魂胆が分かった。

対岸の八丁堀側にも川沿いの道があった。その道を走って茂蔵たちを追い越し、この先にある稲荷橋を渡って前へ出るつもりなのだろう。

……旦那たちがあぶねえ。

茂蔵と左近も一対一なら後れをとるようなことはないはずだが、相手は四人である。しかも、四人のなかには鉢割り玄十郎と呼ばれる渋谷がいる。

弥之助は足を速めて、前を行くふたりとの間をつめた。物陰から鉄礫で奇襲し、茂蔵と左近を助けようと思ったのだ。

左近が背後から迫ってくる牢人と大柄な武士に気付いたのは、稲荷橋が間近に見えてきたときである。

……渋谷だ！

左近は牢人の風体からすぐに渋谷と気付いた。

「茂蔵、渋谷が尾けてくるぞ」

左近は小声で茂蔵に伝えた。

「あの男が渋谷ですか」

「まちがいない」

「左近さま、もうひとりおります」

「騙り一味だな。室田か、他の門弟か、いずれにしろ遣い手のようだぞ」

左近はそれとなく背後に目をやり、大柄な武士を見てとった。腰が据わり、歩く姿にも隙がない。

「どうします」

「相手はふたりだ。逃げるまでもあるまい」

左近は、敵がふたりなら後れを取るようなことはないと思った。渋谷と決着をつける機会でもある。

左近はあらためて通りに目をやった。ちらほら人影がある。ただ、稲荷橋のたもとは八丁堀へ行く道と交差している上に鉄砲洲《てっぽうず》稲荷があり、ひときわ人通りが多かった。

「やるなら、稲荷を過ぎてからがいいな」

左近が小声で言った。稲荷の前でやりたくなかった。騒ぎが大きくなるだろう。

「承知」

茂蔵が小声で答えた。

左近と茂蔵は足を速めて、渋谷たちから間を取ろうとしたが、すぐにその足がとまった。前方から走り寄る二人の武士の姿が見えたのだ。

中背の男と小柄な男で、いずれも小袖に袴姿だった。ふたりに見覚えはなかったが、身辺に殺気がただよっていた。

3

「挟み撃ちか」

左近が言った。

「そのようです」

言いざま茂蔵は羽織を脱ぎ、路傍へ捨てた。顔が赭黒《あかぐろ》く染まっている。穏やかそうな福相が、凄味のある顔に豹変している。

左近と茂蔵は八丁堀川の岸を背にして立った。背後にまわられるのを避けたのである。

道の左右から四人の男が駆け寄り、左近と茂蔵を取り囲むように立った。いずれの双眸も鋭く、身辺に殺気をただよわせていた。四人とも手練らしい。

異変を察知した通行人が、悲鳴を上げてその場から逃げだした。

「うぬが、室田勘兵衛か」

茂蔵が正面に立った大柄な男に誰何した。

大柄な男は渋谷を除く他のふたりにくらべて、どっしりとした落ち着きがあり、いかにも道場主らしい威風があったのである。

「よく分かったな。それで、うぬの名は」

室田が訊いた。

「亀田屋のあるじ、茂蔵」

茂蔵はそう言うと、両袖をたくし上げた。素手である。柔術で、室田たちと戦うつもりだった。

「献残屋のあるじにしては、腹が据わっているではないか。うぬらが、亡者と名乗る影目付であることは分かっておるわ」

言いざま、室田が抜刀した。

つづいて、中背の男と小柄な男も抜いた。渋谷と左近はまだ抜かなかった。お互いが相手を見すえたまま対峙している。

茂蔵には室田が対峙し、左手に中背の男が立った。中背の男も抜刀して切っ先を茂蔵にむけている。ひとり、小柄な男だけは、身を引いて渋谷の背後に立っていた。おそらく、渋谷に手を出すなと言われているのだろう。

「うぬが、関か」

茂蔵が左手の男に訊いた。男が室田と呼吸の合った動きを見せたので、門弟と読んだのである。このとき、茂蔵は関と田倉の名は知っていたが、まだ顔を見たことはなかったのだ。

男は無言だったが、動揺したような表情を浮かべた。図星だったようである。となると、小柄な男が田倉と見ていいだろう。

茂蔵は両腕を前に突き出すようにして身構えた。対峙した室田は八相である。

室田は刀身を垂直に立てるように構えていた。大柄な体とあいまって大樹のような大きな構えである。腰がどっしりと据わり、巌《いわお》で押してくるような威圧があった。

……できる！

茂蔵は全身に鳥肌が立つのを覚えた。

室田が直心影流の達者であることは、その構えを見ただけで分かった。しかも、室田は身辺に痺《しび》れるような剣気をただよわせていた。室田には追いつめた獲物を一撃で斃さんとする気魄と自信があった。

左手の関も遣い手らしく、切っ先がピタリと茂蔵の喉元に付けられている。わずかな隙でも見せれば、一撃必殺の斬撃をみまってくるだろう。

……これは敵《かな》わぬ。

と、茂蔵は思った。

柔術は相手の体をつかまねば勝負にならない。よしんば室田の斬撃をかわし、その体をつかんで投げ飛ばしたとしても、その瞬間に関の斬撃をあびるだろう。

茂蔵は、仕掛けられる前に逃げねば命はないと思った。左近は渋谷と戦う気でいるが、茂蔵が斃されれば、四人を相手にすることになる。いかに左近でも歯が立たないはずである。

川へ逃げるしか手はない、と茂蔵は思った。背後の川岸から土手へ跳び、葦《あし》の茂っている傾斜地を突き抜けて川面に跳ぶのである。

茂蔵が左近に目を投げたとき、左近が抜刀した。ほぼ、同時に渋谷も抜き放った。

左近が青眼、渋谷は刀身を寝せて低い上段に構えている。渋谷の構えには、その風貌とあいまって異様な迫力と不気味さがあった。これが、鉢割りの太刀の構えであろう。

対峙したふたりからするどい剣気が放射され、緊張と静寂が辺りを支配している。

……まずい！

左近は逃げられぬ、と茂蔵は見てとった。

左近と渋谷はまだ一足一刀の間境の外にいたが、すでにお互いが刀身の真下にいるような気の攻防のなかにいた。

左近が川へ逃れようと反転すれば、その瞬間に渋谷の鉢割りの太刀をあびるであろう。

茂蔵は、左近に声をかけることもできなかった。

つ、つ、と摺り足で、室田が間合をつめてきた。室田には獲物を追いつめる巨獣のような迫力があった。

……こうなったら、せめて相討ちにでも室田を仕留めてやる。

茂蔵は左手から関の斬撃を受けるのを覚悟し、室田を投げて首の骨を折ってやろうと頭の隅で思った。

そのときだった。後方にいた田倉が、ギャッという悲鳴を上げてのけ反った。そして、肩口を押さえながら、たたらを踏むように泳いだ。

その悲鳴で室田の寄り身がとまり、張りつめていた剣気が消え、室田の顔に驚きの表情が浮いた。

つづいて大気を裂く音がし、何かが室田の膝先をかすめて地面に突き刺さった。鉄礫だった。弥之助が向かいの表店の間から打ったのである。

「敵だ！」

室田が後じさり、背後に目をやった。左手にいた関も、切っ先を引いている。

見ると、渋谷も身を引いて背後に目をむけていた。渋谷の身辺にも鉄礫が飛来したらしい。

この一瞬の隙を茂蔵がとらえた。

「左近さま！　川へ」

叫びざま、川岸から土手へ身をひるがえした。

左近も、すぐに状況を察したらしく土手へ跳んだ。

茂蔵は一気に土手を滑り下り、岸辺近くに繁茂している葦を払いながら突き進んだ。左近もすぐ後についてきた。

「逃がすな！　追え」

室田、渋谷、関の三人が土手を下りてきた。田倉は鉄礫をあびて動けないのか、姿が見えなかった。

茂蔵は岸辺から一気に川面に跳んだ。つづいて、左近も水飛沫《みずしぶき》を上げた。

川の水深は腰あたりだった。晩秋の川の水は身を切るように冷たかったが、茂蔵と左近は両手で水を掻き分けながら、なかほどの深みへ進んだ。対岸から上がろうと思ったのである。

そのとき、上流から猪牙舟が下ってきた。空舟である。竿《さお》を手にした船頭がひとり、艫《とも》に立っている。

茂蔵が声を上げた。

「船頭、舟を寄せろ！」

「旦那、どうしやした」

船頭は驚いたような顔をして竿を立て、水押《みお》しを茂蔵のそばに寄せてきた。

「辻斬りに襲われて、川へ飛び込んだのだ」

言いざま、茂蔵は船縁《ふなべり》に飛び付き、持ち前の強力で体を引き上げ、船縁へ抱きつくようにして体を舟のなかへ落とした。

「左近さま、手を」

茂蔵は舟に近寄ってきた左近の手を握り、舟のなかに引き上げた。

川沿いの土手に目をやると、葦の群生しているそばに渋谷と室田が抜き身をひっ提げたまま立っていた。川のなかへは飛び込まなかったようだ。舟のなかの茂蔵と左近に目をむけている。

「だ、旦那方、どこへ着けやす」

船頭が震えを帯びた声で訊いた。茂蔵と左近が寒さと気の昴りで顔をゆがめ、身を顫わせているのを見て、船頭も平静ではいられなかったらしい。

「日本橋川のそばにある親仁橋《おやじばし》を知っているか」

日本橋川から掘割をすこし入ったところに親仁橋はかかっていた。

「へい、知っていやす」

「すまないが、そこへ着けてくれ」

親仁橋からすこし歩いた日本橋堺町に影目付たちの第二の密会場所があった。そこは、茂蔵が懇意にしている商家の旦那の妾宅だったが、いまは空家である。茂蔵はこの仕舞屋を安く借りていて、亀田屋が使えないときにかぎって影目付の密会場所に使っていたのである。

茂蔵たちを乗せた舟は八丁堀川にかかる稲荷橋をくぐると、すぐに左手の亀島川へ入った。そして、日本橋川を溯って掘割へ水押しをむけ、親仁橋のそばの桟橋に舟を寄せた。

「酒代だ、取っておいてくれ」

茂蔵は財布から一朱取り出し、船頭に握らせてやった。

「こりゃァ、どうも」

初老の船頭はニンマリして頭を下げた。思わぬ実入りだったにちがいない。

4

その日、茂蔵と左近は堺町の仕舞屋にたどり着くと、すぐに濡れた着物を着替えた。そして、一息ついたところへ弥之助が姿をあらわした。

「ここだと思いやしてね」

弥之助は、貧乏徳利を手にしていた。酒を持ってきてくれたようだ。

「ありがたい。体が冷えきってしまってな」

茂蔵はすぐに流し場から湯飲みを持ってくると、三人の膝先に並べて酒をついだ。できれば、熱燗で飲みたかったが、火を焚《た》いて酒を温めている余裕はなかった。

「弥之助、お蔭で命拾いしたよ」

湯飲みの酒を一口飲んだところで、茂蔵が言った。

「亀田屋を出たとき、旦那方の跡を尾けている男を見かけやしてね」

「四人は、騙り一味だ」

茂蔵が、渋谷を除いた三人の体軀と名を話した。ただ、関と田倉ははっきりしないことを言い添えた。

すると弥之助が、後ろにいた小柄な男が田倉だと明言した。室田が、肩口に鉄礫をあびた男に、田倉、しっかりしろ、と声をかけたというのだ。

「これで、騙り一味の四人がはっきりしたな」

道場主の室田、師範代の関、門弟の田倉、それに渋谷である。

「くわえて、正体の知れぬ御前さまがいるわけだな」

左近が言った。

「それにしても、侮れぬ一味です。しばらく、亀田屋にはもどれませんな」

茂蔵が渋い顔をして言った。一味との決着がつくまで、ここを隠れ家として過ごさねばならないだろう。

翌日、左近は直心影流の道場のある松村町へ出かけた。一方、茂蔵は柳橋に行き、お蘭と会うことにした。

左近は室田の身辺を洗えば、御前さまの正体が見えてくるのではないかと思っていた。堺町から松村町まで遠くない。浜町堀を越えればすぐである。

直心影流の祖は、山田《やまだ》平左衛門《へいざえもん》である。正徳のころ、長沼四郎左衛門《ながぬましろうざえもん》が面、籠手《こて》などの防具を完成させ竹刀で打ち合う実戦稽古を取り入れたことから門人が殺到し、大変な隆盛をみた。

松村町にあるのは、柴垣兵八郎《しばがきへいはちろう》という男がひらいた道場で、柴垣は長沼道場の高弟だったという。

左近は柴垣と面識はなかったし、柴垣道場の門弟に知り合いもなかったので、道場から出てくる門人をつかまえて話を聞いてみようと思った。

四ツ（午前十時）ごろだった。左近は柴垣道場に近い路傍に立って、門弟が出てくるのを待った。道場のなかから、気合、竹刀を打ち合う音、床を踏む音などが聞こえていたが、小半刻（三十分）ほどすると、静かになった。稽古が終わったようである。

それからいっときすると、道場の戸口から門人らしき男が数人出てきた。左近は何人かやり過ごし、すこし遅れて出てきたふたり連れに声をかけた。ひとりは二十半ば、もうひとりは十八、九と思われる若者だった。ふたりの顔が上気したように紅潮し、身辺から汗の匂いがした。稽古で十分汗をかいたのであろう。

「しばし、柴垣道場のご門弟とお見受けしたが」

左近の声に、ふたりは怪訝な顔をして立ちどまった。

「それがし、宇田川ともうす者でござるが、そこもとたちは小柳町の室田道場をご存じであろうか」

「知ってますが、室田道場が何か」

年嵩の男が訊いた。

「それがし、数年前まで室田道場に通っていたのです。ゆえあって、しばし江戸を離れたのでござるが、先日、室田道場へ行ってみると、道場はとじられ、お師匠や師範代の関どのの姿もない。それで、どこへ行かれたのかと思い、声をかけたのでござる」

左近は、同門なればご存じでござろう、と言い添えた。むろん、室田や関の居所をつかむための作り話である。

「たしか、数年前に室田道場は門をしめたと聞いていますよ」

年嵩の門弟は、ゆっくりと歩きだした。

左近は並んで歩きながら、さらに訊いた。

「それで、お師匠は何処へ行かれたのです」

「道場で、お暮らしのはずですが」

年嵩の門弟は首をひねった。

「それが、道場にお姿がないのです。それに、お師匠は道場をとじて何をなさっているのです」

左近は、それでは暮らしが立たないと暗に匂わせた。

「出稽古には行っていたようですよ。身分のある旗本の嫡男が門弟だったとかで、道場をとじた後も屋敷に出かけて稽古をつけていたようです。その旗本からの合力《ごうりき》があったのとちがいますかね」

年嵩の門弟は、他人事のような物言いをした。同じ直心影流だが道場がちがうので、関心はうすいのかもしれない。若い門弟は黙って跟《つ》いてくる。

「そのような旗本がいたかな」

左近は首をひねってみせた。

「お名前は、草野さまだったと思うが……。確か、御小姓をなされていたはずですよ」

「草野さま……」

左近は名だけは知っていた。草野藤右衛門である。

……御前さまは、草野かもしれぬ。

と、左近は思った。御小姓ならば、幕閣の様子を知っているだろうし、若年寄の忠成や御側衆の板倉とつながりができても不思議はないのだ。

「ところで、師範代の関どのは、どこへ行かれたかご存じあるまいか」

左近は関の所在も知りたかったのだ。

「関どのも、出稽古には同道されていると聞いたので、神田佐久間町におられるのではないかな」

「佐久間町に、関どのの屋敷があったかな」

左近はわざと腑に落ちないような顔をした。もうすこし、関の住居のことを聞き出したかったのである。

「関どのは、借家にひとり住まいと聞いてますが」

年嵩の男は不審そうな顔をした。左近の問いに不自然さを感じ取り、うさん臭い男だと思ったのかもしれない。

なおも、左近が訊こうとすると、

「急いでおりますゆえ、これにて」

年嵩の男は突っ撥ねるように言って、足早に歩きだした。若い門弟は慌てた様了で、跟いていく。

左近は路傍に立ちどまってふたりの背を見送った後、神田佐久間町に足をむけた。関の住居をつきとめようと思ったのである。

佐久間町は一丁目から四丁目まであり、神田川沿いにつづくひろい町である。借家のひとり住まいというだけでは、なかなか探し出せないだろう。そこで、左近はやはり道場の門弟に話を聞いてみることにした。幸い、佐久間町近くの松永町に、左近が神道無念流の道場に通っていた当時、同門だった男がいた。名は藤本周助《ふじもとしゆうすけ》、八十石取りの御家人である。

左近は藤本に会い、関のことを訊いてみた。

藤本は関を知っていた。藤本は、関と話したことはないが、直心影流の遣い手だと聞いている、そう前置きし、

「和泉橋のたもとから一町ほど大川寄りに、大越屋《おおこしや》という太物《ふともの》問屋があるが、その店の脇の路地を入った先の借家に住んでいるはずだ」

と、教えてくれた。

左近は藤本に礼を言い、さっそく教えられた場所へ行ってみた。それらしい家はすぐに分かった。板塀をめぐらせた古い家である。

左近は足音を忍ばせて、板塀のそばまで行ってみた。家のなかからくぐもった男の話し声が洩れてきた。何人かの男が話していることは分かったが、話の内容までは聞き取れなかった。

左近はその場から離れ、表通りにあった酒屋に立ち寄って訊くと、まちがいなく関の住む借家だった。

「ちかごろ、だれか越してきたはずだが知らぬか」

左近は酒屋のあるじにそう訊いてみた。道場を出た室田たちが関の許に身をひそめたのではないかと思ったからである。

「越してきたかどうかは知りませんが、この前、酒をとどけたときにお武家さまが二人ほどいましたよ」

左近が、室田と田倉の年格好や人相を話すと、

「その方たちですよ」

と、あるじがはっきりと言った。

……室田たちの隠れ家をつかんだぞ。

左近が胸の内でつぶやいた。

5

「左近さま、一味の隠れ家をつきとめましたな」

茂蔵は左近から話を聞いて目をひからせた。

「それに、草野藤右衛門が、御前さまのような気がする」

「わたしも、そう思います。いずれにしろ、すぐにお頭に知らせましょう」

茂蔵は、弥之助に連絡を取らせます、と言い添えた。

その日の夕方、堺町の隠れ家に姿を見せた弥之助に、茂蔵が左近から聞いた話を伝え、岩

井とつなぎを取るよう指示した。

「承知」

弥之助は、すぐに神田橋御門近くにある岩井邸へむかった。

弥之助が夜陰に乗じて岩井の屋敷に忍び込んだとき、岩井は居間で書見をしていた。つなぎ役の弥之助は、影目付であることを家人に知られぬために岩井邸に侵入してよいことになっていたのだ。弥之助の侵入術はみごとで、これまでもその姿を家族や奉公人に見られたことはなかった。

燭台の火が揺れ、背後に人の気配がするのに気付いた岩井は、

「弥之助か」

と、小声で訊いた。岩井は書見台に膝をむけたままである。

「ハッ」

「何か知れたかな」

岩井は、茂蔵たちが何かつかんだことを察知したようだ。

「一味の隠れ家をつかみました」

弥之助が、室田たちのこととその隠れ家を伝えた。

「それで、御前さまと呼ばれる男の正体は知れたか」

岩井は弥之助に背をむけたまま訊いた。

「まだ、はっきりしませんが、旗本の草野藤右衛門ではないかとみております」

「なに、草野藤右衛門とな」

岩井が膝をまわして体を弥之助の方にむけた。燭台の火に浮かび上がった岩井の顔は陰影が濃く、影目付の頭らしい凄みがあった。

岩井は虚空を睨んだまま黙考していた。岩井は草野のことを知っていた。御目付だったころ、同じ御目付が草野の不正を調べたことがあったのである。

草野は出世欲の強い男だった。御小姓だったが、御小姓頭取への栄進を狙い、栄進を噂されていた同僚を讒訴《ざんそ》してその芽を摘んだり、頻繁に幕閣へ賄賂を贈ったりしていた。そうした猟官《りょうかん》活動のなかで、大奥に出入りしている呉服屋に接近し、城内での商売に便宜《べんぎ》をはかることを匂わせて多額の金を騙し取った。草野はその金を幕閣への賄賂に贈ったのである。

この件を調べた御目付は草野の罪状を明らかにして上申したが、たいした咎めを受けなかった。御役御免となり、御小姓の座を失っただけである。草野の沙汰が軽かったのは、草野から賄賂を受け取った幕閣が、事件の子細が露見して自分たちの名が表に出ることを恐れ、曖昧《あいまい》に処置したためと噂されていた。

……そうか、あのころから草野は出羽守や板倉とつながっていたのか。

草野が賄賂を渡していた相手は、忠成や板倉だったとみていいようだ。岩井が忠成と板倉を呼び捨てにしたのは、胸に衝《つ》き上げてきたふたりに対する怒りのためである。

岩井は、草野が御前さまと呼ばれる一味の黒幕だと確信した。いまも、草野は忠成や板倉とつながっているにちがいない。だからこそ、影目付の殲滅に動いているのだろう。それに、今回の事件は、草野が御小姓時代に呉服屋から金を騙し取った手口とそっくりだった。

「弥之助、三日後、みなを堺町に集めてくれ」

岩井が命じた。

三日後としたのは、その間に信明に会い、草野をどう始末するか、指示を受けるためである。

「心得ました」

弥之助は低頭すると、腰を浮かせ後ろ手に障子をあけて座敷から姿を消した。廊下を歩く音はしなかった。大気の動くような気配がしただけである。

翌朝、岩井は西田と連絡を取り、信明と会えるよう手配してもらった。そして、岩井が松平家の屋敷で信明に謁見したのは、翌日の下城後だった。

いつもの書院で対座した信明は、岩井の話を聞き終えた後、

「草野か。あやつ、まだ出羽たちとつながっておったか」

と、苦々しい顔をして言った。

信明の言葉から判断して、以前から草野と忠成たちはつながっていたようである。

「伊豆守さま、草野の始末、いかようにいたしましょうか」

「斬り捨ててかまわぬ」

信明は語気を強め、さらに言いつのった。

「一味もろとも斬り捨てるがよい。出羽たちは影目付の仕業と気付き、震え上がるであろう。それが、出羽たちにはいい見せしめになるはずじゃ」

「心得ました」

岩井は深く低頭して言った。


一方、茂蔵たちは岩井が口にした三日の間に、手分けして、関の許に隠れ住む一味の者と本郷にある草野邸を洗った。

その結果、関の借家で室田と田倉が寝起きしていることが分かった。さらに、ときおり御家人ふうの武士が借家を訪れることもつかんだ。名は知れなかったが、その武士も一味であろうと推測された。

それに渋谷の塒もはっきりした。この間、喜十が渋谷を洗っていたが、茂蔵と左近が襲われた後、渋谷が以前住んでいた小柳町の借家にもどっていることをつかんできたのである。辰次の行方が知れなくなった後、渋谷は用心して小柳町から姿を消していたが、数日前からまいもどっているという。

渋谷は、影目付たちが一度探っている家の方がかえって気付かれずに済むと思ったのか、夜分冷え込みが厳しくなったために暖かい塒にもどりたくなったのか、渋谷の本心は知れなかったが、元の借家で平然と独り暮らしをつづけているという。

また、草野が騙り一味の黒幕らしいこともはっきりしてきた。弥之助や茂蔵が近所の屋敷や草野家に仕える中間などから聞き込み、草野がときおり頭巾で面体を隠して出かけることが分かったのである。

弥之助が岩井と会った三日後、堺町の家に岩井をはじめ影目付の面々が集まっていた。茂蔵、左近、弥之助、喜十、それにお蘭の姿もあった。

岩井は信明との話をかいつまんで話した後、

「騙り一味をひとり残らず斬る」

と、重い口調で言った。

「草野藤右衛門は、どのように始末いたしましょうか」

茂蔵が訊いた。いかに、信明の命でも草野家に押し入って始末するわけにはいかないと思ったのである。

「草野は闇に葬らねばならぬ。そのためには、屋敷を出たときに斬らねばならぬだろうな」

岩井が声を低くして言った。

となると、室田や渋谷たちを先に討ち取るわけにはいかない。室田たちが始末されたことを草野が知れば、警戒して外出しなくなるだろうし、忠成や板倉に泣き付いて新たな手を打ってくることも考えられるからだ。

「一味の逃走を許さぬために、まず草野を討ち、日を置かずに室田たちを始末したい」

岩井が一同に視線をまわしながら言った。

茂蔵をはじめ岩井に視線を集めていた男たちが、無言でうなずいた。

「ところで、お蘭、その後、灘乃屋に太田屋や草野たちは姿を見せぬか」

岩井が座敷の隅に座しているお蘭に訊いた。

「それが、まだ……。茂蔵さんも、様子を見に来てくれたんですけどね」

お蘭が困ったような顔をして言った。

「近いうちに、かならずあらわれる。松谷藩はともかく、一味が太田屋を諦《あきら》めたとは思えん。

なにしろ、三千両だからな。お蘭、引き続き灘乃屋に目を配ってくれ」

そう言うと、岩井は弥之助に視線をむけた。

「弥之助は草野を見張ってくれ。草野が屋敷を出たときが、一味を討つ機だ」

そのとき、畏《かしこ》まって話を聞いていた喜十が、

「あっしらは、どう動きやす」

と、身を乗り出すようにして訊いた。

「喜十は、渋谷を見張ってくれ。茂蔵と左近は室田たちを頼む」

「承知しました」

茂蔵がそう応え、一同がうなずいた。

6

……まったく、化け物みてえなやろうだぜ。

喜十は前を歩く渋谷の姿を見ながら胴震いした。

この日、渋谷は七ツ（午後四時）ごろ、塒にしている小柳町の借家からふらりと出てきた。

そして、柳原通りから浜町堀沿いの道へ出て、日本橋の方へぶらぶらと歩きだした。

喜十は渋谷の跡を尾けていく。

まだ、暮れ六ツ（午後六時）までには間があったが、曇天のせいか、辺りは夕方のように薄暗かった。掘割沿いの道に人影はなく、水面を渡ってきた寒風が物悲しい音をたてて吹き抜けていく。

渋谷は総髪を風になびかせながら飄々と歩いていた。着古した納戸色の袷《あわせ》と同色の袴が渋谷の痩せた体に絡みついている。荒涼とした光景とあいまって、渋谷の姿は幽鬼を思わせるような不気味さがあった。

渋谷は笹屋の前を通り過ぎ、大川の方へむかって歩いていく。

……太田屋かもしれねえ。

突き当たりが大川端で、右手にまがればすぐ行徳河岸である。

思ったとおり、渋谷は大川端へ出ると、右手にまがった。そして、斜向かいに太田屋が見える路傍に足をとめ、店先の方に目をやっていた。

喜十は表店の脇にあった天水桶の陰に身を隠して、渋谷を見つめていた。

……何をしてるんだい。

太田屋を見張っているようには、見えなかった。渋谷は身を隠そうともせず、路傍に佇《たたず》んでいるのだ。

渋谷が路傍に立っていっときしたとき、太田屋から三人の武士が出てきた。室田、関、それに千熊だった。

喜十は三人を見るのは初めてだったが、騙り一味ではないかと思った。三人とも羽織袴姿で、御家人か旗本の家士のような感じがし、太田屋の取引先の者には見えなかったからである。

三人は大川端を川上にむかって歩きだした。すると、渋谷が三人にスッと近付き、何やら声をかけた。三人の武士も渋谷に何か話しかけたようだったが、喜十の耳にはとどかなかった。

四人はひとかたまりになって大川端を歩いていく。

四人が半町ほど先へ行ったとき、喜十は天水桶の陰から通りへ出た。さらに跡を尾けようと思ったのである。

と、背後に足音がし、人の近寄る気配がした。喜十は足をとめて振り返った。

茂蔵だった。茂蔵は大工が着るような黒の半纏に股引姿だった。しかも手ぬぐいで頰っかむりして顔を隠していた。室田や渋谷に気付かれないためであろう。

「喜十、渋谷を尾けてきたのか」

茂蔵が小声で訊いた。

「へい」

「おれは、室田たちを尾けてきたのだ」

茂蔵が表店の軒下を歩きながら、大柄な男が室田で、中背で痩せている男が関だと話した。

喜十の睨んだ通り室田たちである。

「もうひとりの丸顔のやつは」

「分からぬ。ときおり、関の許にあらわれるという御家人ふうの男があいつだろう」

「やつら太田屋に何しに来たんです」

喜十が訊いた。

「やっと、動きだしたのだ。金を受け取るための下相談にでも来たのかもしれんな」

「渋谷は」

渋谷だけは、太田屋に入らなかったのである。

「用心のために呼び寄せたのか。あるいは、前祝いに一杯やるつもりか。いずれにしろ、跡を尾ければ分かるだろう」

それだけ話すと、茂蔵と喜十は前後にすこし間を取って、室田たちを尾け始めた。相手が振り返ったとき不審を抱かせないためである。

四人は大川端を両国方面へ歩き、新大橋のたもとで立ちどまった。そして、丸顔の御家人ふうの男だけが別れて橋を渡り、他の三人は大川端沿いの道を両国方面へむかった。

「喜十、橋を渡った男を尾けてくれ。おれは、室田たちを尾ける」

「合点で」

喜十は新大橋のたもとまで来ると、茂蔵と別れて橋を渡った。

渡った先は、深川である。丸顔の男は大川端をしばらく歩き、御舟蔵の前を右手にまがった。細い路地があり、小身の旗本や御家人の屋敷がつづいていた。

辺りは暮色につつまれ、人影のない路地を寒風が吹き抜けていた。物悲しい風音だけがひびいている。

丸顔の男は背を丸めてしばらく歩き、稲荷の脇の小体な屋敷に入っていった。御家人の住む屋敷のようだが、ひどい荒屋《あばらや》である。

喜十は戸口に近寄ってみたが、話し声は聞こえなかった。かすかに障子をあけしめするような音がしただけである。

喜十は丸顔の男の正体をつかもうと思い、話の聞けるような相手を探して路地を歩くと、町家のつづく通りへ出た。そこは六間堀町である。

四辻の角にそば屋があるのを目にし、喜十は腹がへっていたこともあって暖簾をくぐった。

頼んだそばを運んできた親爺に、稲荷の脇の屋敷について訊くと、当主は千熊小次郎で、十五俵二人扶持の御家人だという。

喜十は千熊についてさらに訊いたが、親爺も千熊が貧乏御家人であることの他は知らないようだった。

喜十が堺町の隠れ家にもどると、茂蔵と左近がもどっていた。

「まず、おれから話そう」

茂蔵の話によると、室田たちは柳橋の灘乃屋に立ち寄り、女将と何やら話してから神田須田町へ行き、信濃屋というそば屋へ入った。茂蔵は、そこまで尾行してもどってきたようだ。

「灘乃屋に立ち寄ったのは、近いうちに来るので座敷をあけておくように頼んだのではないかな」

茂蔵が言い添えた。

左近は黙って聞いている。ふたりに話すような情報はないようだ。

「あっしが尾けた男の正体が知れやしたぜ」

つづいて、喜十が言った。

喜十は千熊の名と身分、それに住居のある場所を話した。

「千熊小次郎か。これで、一味がそろったな」

茂蔵が左近と喜十に目をむけて言った。

第六章　剣鬼たち

1

その日の七ツ（午後四時）過ぎ、お蘭が堺町の隠れ家に姿を見せた。お蘭は土間に立つなり、居合わせた茂蔵と左近に、

「今夜、灘乃屋に来るようですよ」

と、息をはずませながら言った。

「御前さまか」

「はい、吉弥さんが知らせてくれたんです」

お蘭によると、吉弥は今夜太田屋の名指しで灘乃屋に呼ばれているという。吉弥が灘乃屋の女将から聞いた話では、客は太田屋と番頭の他に武士が四人で、都合六人の宴席だそうである。

「ひとり多いけど、この前と同じ客ですよ」

「そのようだな」

茂蔵は驚かなかった。

室田たちを尾行したとき、灘乃屋に立ち寄ったので、近日中に草野たちと太田屋が宴席を持つだろうと予想していたのだ。

「お蘭さん、後はわしらが始末する。菊屋にもどってくれ」

そう言って、茂蔵はお蘭を送り出した後、

「左近さま、すべて手筈通りにことは運びましょう」

と、座敷にいた左近に声をかけた。

この日、弥之助と喜十は草野邸の近くに張り込んでいた。草野が屋敷を出て室田たちと会うようであれば、ただちに弥之助が岩井の許に走る手筈になっていたのだ。

「さて、いよいよ騙り一味を始末するときが来たな」

そう言って、左近が立ち上がった。

茂蔵は戦いの支度を始めた。支度といっても筒袖の下に鎖帷子《くさりかたびら》を着込み、筒袖の上に半纏を着て隠すだけである。一方、左近は刀の目釘《めくぎ》を確かめただけだった。

これから隠れ家を出ようというときになって、喜十が引き戸をあけて飛び込んできた。走りづめで来たらしく、顔が赭黒く紅潮していた。

「く、草野が、屋敷を出やしたぜ」

喜十によると、草野は中間をひとり連れ、頬隠し頭巾をかぶって本郷の屋敷を出たという。

「弥之助は」

「お頭の屋敷へ走りやした」

「よし、わしらも、出かけよう」

茂蔵がそう言うと、喜十が、慌てて框から座敷へ上がり、長脇差《ながどす》を手にしてもどってきた。

「あっしは、これがねえと、落ち着かねえんで」

喜十は苦笑いを浮かべながら長脇差を腰にぶち込んだ。

三人は裏路地や新道をたどりながら、両国方面へむかった。

三人が柳原通りへ出たとき、辺りは濃い暮色につつまれていた。寒い北風が吹いている。土手に植えられた柳は葉を落とし、垂れた枝がひゅうひゅうと鬼哭《きこく》を思わせるような物悲しい音をたてて揺れていた。通りに並ぶ古着を売る床店も店仕舞いし、人影はほとんどない。ときおり、背を丸めた仕事帰りの男や飲みにでも行くらしい若者などが、足早に通り過ぎていくだけである。

三人は神田川にかかる新シ橋を渡り、外神田側のたもとで岩井たちが来るのを待った。

小半刻（三十分）ほどすると、岩井と弥之助が姿をあらわした。岩井はぶっさき羽織と野袴で、二刀を帯びていた。市中を歩くときは深編み笠で顔を隠すことが多かったが、笠はかぶっていなかった。夕暮れ時であり、顔を隠す必要はないと判断したのだろう。

「場所は、どこにするな」

岩井は茂蔵たちと顔を合わせると、すぐに訊いた。

「この先に、空地がございます。そこなれば、草野たちがあらわれるまで、姿を隠すことができましょう」

茂蔵が言った。

柳橋寄りに三町ほど行った川沿いに、雑草や笹の生い茂った空地があった。茂蔵は下見のおり、そこを待機地にしようと決めていたのだ。

草野の屋敷は本郷で、室田たちの隠れ家は佐久間町と小柳町にある。深川に屋敷のある千熊だけは別の道を通るだろうが、草野や室田たちは茂蔵たちのひそんでいるすぐ前の神田川沿いの道を通って新シ橋までは来るはずである。

五人はすぐに空地に移動し、通りから見えない笹藪の陰に身をひそめた。

「様子を見てまいります」

弥之助が、すぐにその場を離れた。

斥候役は弥之助と決めてあったのだ。弥之助は黒の筒袖と黒の股引姿だった。その姿が濃い暮色に溶けるように消えていく。

それから半刻（一時間）ほどすると、辺りは夜陰につつまれ、神田川の流れの音と川岸の葦や茅《かや》を揺らす風音が聞こえるばかりである。

ただ、よく晴れていて、月が皓々とかがやいていた。

さらに、半刻（一時間）ほどしたとき、弥之助が駆けもどってきた。

「草野たち四人、こちらへむかっております」

弥之助が早口で、室田と関、それに黒頭巾をかぶった草野と中間がこちらにむかっていることを伝えた。

「他の者は」

茂蔵が訊いた。

「太田屋久左衛門と番頭の嘉蔵、それに御家人ふうの武士がひとり。三人は灘乃屋から両広小路の方へむかいました」

「そいつは、千熊だ」

喜十が声を上げた。

「渋谷玄十郎は」

岩井が訊いた。

「おりませぬ」

「ならば、弥之助は千熊の後を追い、討ち取ってくれ。こちらにむかった四人を始末するのは、わしの他に三人いれば十分だ」

岩井は、弥之助の足と腕なら千熊に追いついて討ち取れると踏んだようだ。

「承知」

言い残して、弥之助は疾走した。

2

「お頭、来ます」

茂蔵が声を殺して言った。

見ると、通りの先に提灯が見えた。ぼんやりとした明りのなかに、四人の黒い人影が浮かび上がっている。

四人はしだいに近付いてきた。風音のなかに、男の談笑の声が聞こえる。

「左近、喜十、後ろへまわってくれ」

岩井が命じた。前後から、挟み撃ちにしようというのである。

幸い、月夜だった。提灯の火が消えても、斬り合うことはできるだろう。

「承知しました」

左近が小声で答え、喜十が大きくうなずいた。

提灯は中間が持ち、頭巾をかぶった草野の足元を照らしていた。背後に、室田と関がついている。草野と室田が何やらしきりに話していた。ふたりとも機嫌がいいようだ。太田屋からうまく金を騙し取れたのかもしれない。

提灯の火が間近に迫ったとき、岩井と茂蔵が笹藪から出て空地を走った。つづいて、左近と喜十が室田たちの後方へまわった。

突如、雑草のなかを走る音が辺りにひびいた。

ふいに、提灯がとまり、男たちの黒い影がその場につっ立った。

「何者！」

室田が激しい声で誰何した。さすが、直心影流の遣い手である。臆した様子はなく、声には恫喝《どうかつ》するようなひびきがあった。

岩井と茂蔵は無言で室田たちの前に立った。

「影目付か」

叫びざま、室田が草野をかばうように立ちふさがった。右手を刀の柄に添え、抜刀体勢を取っている。

「師匠、後ろにも！」

関が声を上げた。

空地から走り出た左近と喜十が、背後へまわり込んだのである。

「関、後ろのふたりを頼む」

室田の声で、関がきびすをまわして身構えた。迎え討つ気のようだ。

そのときだった。草野の足元を照らしていた中間が、ヒイッと喉の裂けるような悲鳴を上げ、手にした提灯を路傍に放り出して後方へ逃げようとした。

「逃がさねえぜ」

喜十が中間の前に走り出て行く手をはばみ、長脇差を抜き放った。中間も見逃すことはできなかった。目付筋や町方に、影目付のことを秘匿せねばならないのだ。

路傍に投げ捨てられた提灯が、ボッと音をたてて燃え上がり、対峙した男たちを照らし出したが、風に煽《あお》られて一気に燃え尽き、黒い幕を下ろしたようにふたたび夜陰が辺りをつつんだ。

岩井は草野の前に立つと、ゆっくりとした動作で抜刀した。月光を反射《はね》た刀身が白銀のようにひかり、切っ先がピタリと草野の喉元につけられた。どっしりとした巌のような青眼の構えである。

岩井の双眸は、猛虎のような猛々《たけだけ》しいひかりを宿していた。月光に浮かび上がった顔には、影目付の頭らしい威厳とともに、斬殺を躊躇《ちゅうちょ》しない凄味と酷薄さとがあった。

「う、うぬは何者だ！」

草野が声を震わせながら誰何した。

「闇の仕置人、影目付。亡者と呼ぶ者もいる」

「わしには、幕府の要人がついておる。斬れば、うぬらの命もないぞ」

草野の頭巾の間から覗いた目が、恐怖につり上がっている。

「われらは亡者、すでに死んでおるわ」

「お、おのれ！」

草野が抜刀した。

青眼の構えは様になっていた。室田から直心影流の手解きを受けたことがあるのかもしれない。ただ、興奮と恐怖とで切っ先が震えていた。

「まいるぞ」

言いざま、岩井が摺り足で間合をつめた。

巨岩が迫ってくるような威圧だったにちがいない。草野は逃げ腰になり、剣尖が震えながら浮き上がった。

ヤアッ！

突如、岩井が裂帛《れっぱく》の気合を発し、切っ先をスッと前に突き出した。斬り込むと見せた誘いである。

と、草野が甲声《かんごえ》を上げ、はじかれたように真っ向へ斬り込んできた。岩井の誘いに反応したのである。

この斬撃を読んでいた岩井は脇へ飛んでかわしざま、胴を払った。

ドスッ、という鈍い音がし、草野の上体が折れたように前にかしいだ。岩井の刀身が草野の腹部を深くえぐったのである。

草野は喉のつまったような悲鳴を上げながら、よたよたと前に泳いだ。そして、腹を左手で押さえたまま足をとめて反転したが、刀を構えようとはしなかった。前屈みになったまま低い呻き声を洩らしている。

「とどめを刺してくれよう」

岩井は正面から草野の胸を突き刺した。

草野は獣の吠えるような絶叫を上げてのけ反り、岩井の刀身をつかんで引き抜こうとした。

だが、草野が刀身を握る前に、岩井が引き抜いた。

胸から血が噴いた。夜陰のなかに、黒い血が荒々しく奔騰した。岩井の目に、草野の胸から飛び出した無数の黒い生物のように映った。だが、それもほんの一瞬だった。草野の体が大きく揺れ、腰からくずれるように倒れた。

路傍の叢に倒れた草野は四肢を痙攣させていたが、すぐに動かなくなった。絶命したようである。

岩井は目を転じた。茂蔵が室田と対峙していた。茂蔵が押されているようである。茂蔵の着物の肩口と脇腹が裂け、鎖帷子が覗いていた。着込みがなければ、室田の斬撃をあびていただろう。

さらに、岩井は左近と喜十に目をやった。左近は関を追いつめていた。関はざんばら髪になり、顔が血に染まっている。

一方、喜十は中間を仕留め、すこし身を引いて関に長脇差をむけていた。左近の助太刀というより、関が逃げるのを防ごうとしているらしい。

岩井は茂蔵に近寄り、切っ先を室田にむけた。茂蔵に助太刀しようと思ったのである。

「お頭、室田はわたしが仕留めます」

茂蔵が低い声で言った。両眼が牙を剝いた猛獣のように炯々《けいけい》とひかっている。

茂蔵は八丁堀川沿いの道で立ち合った決着をこの場でつけたかったのだ。武芸者としての意地である。

「任せよう」

　岩井は身を引いて、刀身を下ろした。

3

　室田は八相に構えていた。刀身を垂直に立てた大樹のような大きな構えである。腰が据わり、巌で押してくるような迫力がある。

　この八相の構えから、室田は袈裟に斬り込み、さらに二の太刀を逆袈裟に斬り上げるのだ。その連続技が神速だった。

　すでに茂蔵は室田の斬撃を二度あびていた。肩先と脇腹である。ただ、鎖帷子を着込んでいたお蔭で、強い打撃を感じただけである。

　ふたりの間合は、およそ三間。

　対する茂蔵は、両腕を前に突き出すようにして身構えていた。

　そのとき、室田が摺り足で間合を狭めてきた。全身に気勢が満ち、その大柄な体に斬撃の気がみなぎっている。

茂蔵の目に、室田の体がさらに大きくなったように映った。敵の気魄と威圧でそう感じるのである。

……次は、頭を狙ってくる。

と、茂蔵は読んでいた。

室田は、鎖帷子を付けていない茂蔵の頭部を袈裟斬りで襲うはずである。

ふたりの間合がジリジリと狭まってきた。気合も息の音も聞こえなかった。ふたりは時のとまったような静寂のなかにいる。

フッ、と室田が寄り身をとめた。斬撃の間境の手前である。

瞬間、室田の全身から鋭い剣気が放たれ、茂蔵は上から覆いかぶさってくるような威圧を感じた。

……来る！

茂蔵が察知した瞬間、室田の体が躍動した。

と、茂蔵の頭上に閃光が疾った。

刹那、茂蔵は両腕を頭上に振り上げた。次の瞬間、激しい衝撃が右の二の腕を襲った。室田の刀身が茂蔵の頭部に振り下ろされたのである。だが、茂蔵の強力と右腕の鎖帷子がその斬撃を防いだ。

オオッ!

茂蔵は猛々しい気合を発し、室田の胸元に飛び込んだ。まさに、獣のような俊敏な動きである。

すかさず、室田が短い気合を発し、逆袈裟に斬り上げた。だが、茂蔵の踏み込みが一瞬迅かった。室田の鍔《つば》が茂蔵の脇腹に当たっただけである。

次の瞬間、室田の体が空へ浮いた。

茂蔵が室田の襟元をつかみ、腰に乗せて投げたのである。

室田の体が地面に仰向けにたたき付けられた。咄嗟に、身を起こそうと首をもたげた室田の仰臥した体に、茂蔵が飛び付き馬乗りに跨《また》がった。

グワワッ!

茂蔵はけたたましい咆号《ほうごう》を上げながら、室田の襟元を両腕でつかんで絞め上げた。茂蔵の顔が怒張したように赭黒く染まったとき、室田の首がガクリと落ちた。息絶えたようである。

「見事だ」

岩井が茂蔵のそばに来て声をかけた。

「着込みがなければ、いまごろはこの首を落とされていました」

茂蔵が太い首を右手で撫《な》でながら苦笑いを浮かべた。もっとも、刀を相手に素手で戦う茂蔵にとっては、着込みも武器のひとつなのである。

「始末がついたようだな」

岩井が周囲に目をやって言った。

戦いは終わっていた。左近が関を斃し、喜十とともに岩井のそばに歩を寄せてきた。

四人の男が路傍や空地のなかの叢に横たわり、大気のなかに血の臭いがただよっていた。

「残るは、渋谷と田倉だな」

そう言って、岩井は懐紙で刀身の血を拭った。

「ふたりは、われら三人で仕留めます」

茂蔵が岩井に言った。

田倉は小柳町の道場に、渋谷は借家にいるはずだった。渋谷は強敵だが、茂蔵、左近、喜十の三人がいれば、後れを取るようなことはないだろう。

「頼むぞ」

岩井がうなずいた。

そのころ、弥之助は竪川《たてかわ》にかかる一ツ目橋の上を疾走していた。前方に武士体の人影が見えた。千熊のようである。

千熊は背後から迫る弥之助に気付いていなかった。寒さのためか、首をすくめ背を丸めて足早に御舟蔵の前を歩いていく。

通りに人影はなかった。月光を浴びた千熊の姿が黒く浮き上がり、足元の短い影が跳ねている。

弥之助は走りざま、ふところから鉄礫を取り出した。さらに千熊との間が迫り、十間ほどになっていた。

そのとき、千熊が足をとめて振り返った。背後の足音に気付いたのであろう。

千熊の丸い顔が、驚怖にゆがんだ。千熊の目に、黒装束の弥之助の姿が獲物に迫る夜走獣のように映ったのかもしれない。

「な、なにやつ！」

千熊が叫び、腰の刀に手を伸ばしたとき、弥之助が鉄礫を放った。

鉄礫は千熊の下腹に当たった。千熊は刀を抜きかけた格好のまま上体を前に折り、低い呻き声を洩らした。

弥之助は疾走しながら、腰の後ろに差した長脇差を抜いた。絶命させるのは、鉄礫より刃物の方が確実なのだ。

接近する弥之助に対し、千熊は刀を抜こうとして上体を起こした。そこへ、弥之助が身を寄せ、擦れ違いざま長脇差をふるった。

　千熊の首筋から血が疾った。噴き出した血が、夜陰のなかで黒い帯のように見えた。弥之助の切っ先が、千熊の首筋を搔き切ったのだ。

　一瞬の勝負だった。千熊も手練だったが、弥之助の鉄礫の奇襲を避けることはできなかったのである。

　千熊は血を撒きながらたたらを踏むように泳ぎ、路傍につっ立ったが、そのまま朽ち木のように転倒した。つっ伏した千熊は低い喘鳴を洩らし、体をよじるように身悶《みもだ》えしていたが、やがて動かなくなった。首筋から滴り落ちる血が地面を打ち、雨垂れのように聞こえてきた。

　弥之助は千熊の死体を転がして腹部から鉄礫を抜き取ると、その場から走り去った。

4

　喜十と左近は、仕舞屋ふうの小体な家の戸口に立っていた。渋谷の住む小柳町の家である。

　そこに、茂蔵の姿はなかった。

　ここに来る前、茂蔵が、

「田倉を仕留めるのは、おれひとりで十分だ。ふたりで、渋谷を討ってくれ」

そう言いだし、茂蔵だけが道場にむかったのだ。

田倉は室田や関より腕は落ちるし、それに弥之助の鉄礫を受けて傷を負っているはずだった。茂蔵は、三人で行くまでもないと踏んだようである。

「田倉は、茂蔵にまかせよう」

左近は承知した。

左近も田倉を討つのは一人で十分だと思っていたし、ひとりの剣客として渋谷と勝負したい気もあったのだ。

「左近の旦那、やつはいるようですぜ」

喜十が小声で言った。

座敷の障子がかすかに明らんでいた。行灯の明りらしい。

「外へおびきだそう」

見ると、狭い縁側があり、その前に雑草の茂った空地があった。妾宅だったころは庭だったのかもしれないが、いまは家を囲う塀もなく荒れた空地になっていた。

「旦那、頼みがありやす」

喜十が小声で言った。

「何だ」

「あっしに、助太刀させてくだせえ」

喜十は、渋谷に一太刀なりともあびせたいと言い添えた。

「渋谷に恨みでもあるのか」

「恨みってえほどじゃァねえが、あっしが草鞋を脱いだ親分の敵を討ちてえと思いやしてね。それに、中山道筋で、あいつに斬られたやつらの供養をしてやりてえんで」

喜十は左近を見つめて訴えるように言った。

「分かった。助太刀を頼む」

左近はゆっくりと空地の方へ歩きだした。喜十も左近の脇へついて空地にむかった。

明りを映した障子のむこうに人のいる気配がし、瀬戸物の触れるような音がした。渋谷が手酌で酒でも飲んでいるようである。

空地の叢に立った左近は、

「渋谷玄十郎、姿を見せろ」

と、声を上げた。

障子のむこうで物音がやんだ。動く気配がない。渋谷は身動きせずに外の気配をうかがっているようだ。

「亀田屋にいた宇田川左近だ」

左近がさらに声をかけた。

すると、衣擦《きぬず》れの音がし、人影が障子に映った。渋谷が立ち上がったようだ。

障子があき、牢人体の男が姿をあらわした。大刀をひっ提げている。行灯の灯《ひ》を背から受け、顔は闇におおわれていたが渋谷にまちがいない。

「来たな」

渋谷はくぐもった声で言い、ゆっくりと縁側へ出てきた。かすかに酒の匂いがした。やはり、酒を飲んでいたようである。

青白い月光のなかに、総髪を垂らした渋谷の顔が浮かび上がった。細い目が底びかりし、唇の端にうす笑いが浮いていた。ぬらりと立った姿に、幽鬼を思わせるような不気味さがただよっている。

「室田たちは始末した。残るは、おぬしだけだ」

左近が静かな口調で言った。

「室田がどうなろうと、おれの知ったことではない。おれは、おまえを斬るだけだ」

渋谷は大刀をひっ提げて縁側から庭に下り立った。

渋谷の唇が妙に赤かった。酒気と殺戮を求める血が、渋谷を上気させているのかもしれない。

「いくぞ」

渋谷が抜刀した。

すかさず、左近も抜いた。

渋谷は刀身を寝せて低い上段に構えた。日本橋川沿いの通りで立ち合ったときと同じ鉢割りの構えである。

左近は低い青眼に構え、切っ先を渋谷の胸部につけた。ふたりの間合はおよそ三間、まだ斬撃の間からは遠い。

喜十は長脇差を抜き、渋谷の左手にまわり込んだが、間合を大きく取っていた。左近と渋谷の立ち合いの様子を見てから、加勢するつもりだったのだ。

左近は両肩の力を抜き、切っ先をかすかに上下させた。横面斬りである。

小刻みに上下する切っ先が月光を反射《はね》て、淡い光芒《こうぼう》が左近の手元を隠した。敵を幻惑するというより、間合の読みを狂わす利があるのだ。

左近は趾《あしゆび》を這うようにさせて、ジリジリと間合をつめていた。

渋谷は微動だにしなかった。上段に構えた両腕の間から、刺すような目で左近を見つめている。

渋谷は、上段からどうくるのか。左近には、渋谷の鉢割りの太刀が読めなかった。

……仕掛けてみるか。

左近はそう思い、さらに渋谷との間合をつめた。

ふたりの全身に気勢がみなぎり、痺れるような剣気が辺りをつつんでいる。

斬撃の間境の手前で、左近が仕掛けた。全身に斬撃の気配をみなぎらせ、スーと切っ先を突き出し、さらに剣尖を浮かせて真っ向へ斬り込むと見せた。誘いである。

間髪をいれず渋谷が踏み込み、斬り込んできた。閃光が左近の剣尖を割るように真っ直ぐ伸び、頭上を襲った。迅雷のような一撃だった。

咄嗟に左近が首を引くと、渋谷の切っ先が鼻先をかすめて流れた。

次の瞬間、ふたりははじき合うように背後へ跳んだ。

……これが、鉢割りの太刀か！

左近の全身に鳥肌が立った。恐ろしい剣である。

渋谷は相手の斬撃の起こりをとらえて、上段から真っ向へ斬り下ろしたのだ。その太刀は神速で、かつ鋭い。敵が胴へ斬り込もうとすれば、刀身を返したときに頭を割っているだろう。敵が面にくれば、その切っ先をはじきざま、敵の頭上へ斬り下ろすのだ。

左近の命を救ったのは、間合だった。左近の切っ先の光芒が、渋谷に間合を読み誤らせたために切っ先がとどかなかったのである。

……だが、同じ手は遣えぬ。

当然、渋谷は遠間《とおま》だったことに気付いているはずだ。

「やるな」

渋谷の口元にうす笑いが浮いた。目が異様にひかっている。嗜虐《しぎゃく》の喜悦を湛《たた》えたようなひかりである。

つ、つ、と渋谷が間をつめてきた。いまにも斬り込んでくるような迫力と威圧がある。渋谷は自分で間をつめることで、正確な間合を読もうとしているのだ。

……遠間で仕掛けねば、斬られる。

間合に入られたら、渋谷の鉢割りの太刀はかわせぬ、と左近は察知した。

だが、間合に入らねば、左近の斬撃もとどかない。それに、渋谷は左近が遠間から仕掛けることも読み、二の太刀を遣ってくるはずだ。

……初太刀が勝負だ。

と、左近は踏んだ。

渋谷は上段に構えた両腕の間から、左近を見すえていた。左の拳が額についている。その拳に目をとめたとき、左近の胸に閃《ひらめ》くものがあった。

……籠手だ！

遠間からでも、相手の籠手は斬れる、と左近は踏んだ。

渋谷との間合が迫ってきた。渋谷の全身に気勢がみなぎり、その構えがさらに大きくなったように見えた。構えの威圧でそう感じるのである。

と、左近は上下させていた刀身をとめ、腰を沈めざまピクッと切っ先を浮かせて踏み込んだ。誘いではなく、遠間から面に斬り込んだのだ。

刹那、渋谷の体が躍動し、頭上で閃光が疾った。

上段から真っ向へ。稲妻のような斬撃である。

左近は浅く踏み込み、面と見せて敵の鍔元へ突き込むような籠手をみまった。

間一髪、左近の籠手が迅かった。切っ先が渋谷の右手の甲の肉を抉《えぐ》るように斬り裂いた。

その斬撃で、わずかに渋谷の太刀筋が乱れた。渋谷の切っ先は、左近の左の肩先を裂いて流れたのである。

次の瞬間、左近は背後に跳ね飛んだ。

渋谷はその場に立ったままふたたび上段に構えた。だが、刀身が揺れている。右手が震えているのだ。手の甲を深く裂かれたため、柄がうまく握れないらしい。

「お、おのれ！」

渋谷が顔をしかめて、吼《ほ》え声を上げた。

渋谷の右手の甲から流れ出た血が、額をつたい、左目を塞《ふさ》いでいる。渋谷は顔を振って顔面の血を払うと、いきなり踏み込んできた。一気に勝負を決するつもりらしい。

渋谷は斬撃の間境に踏み込むや否や、裂帛の気合を発し、真っ向へ斬り込んできた。

だが、一瞬の迅さと鋭さに欠けていた。しかも、左近はこの太刀筋を読んでいたので、難なく背後に引いてかわした。

タアッ！

左近は身を引きざま、ふたたび籠手へ斬り下ろした。

重い手応えがあり、渋谷の右の前腕がぶら下がった。左近の一撃が、渋谷の前腕の皮だけ残して骨肉を截断したのだ。

渋谷が呻き声を上げて、つっ立った。右腕から筧《かけい》の水のように血が流れ落ちている。

「喜十、いまだ」

左近が声を上げた。

喜十が猛然とつっ込み、体ごとぶち当たるような勢いで、手にした長脇差を脇から突き刺した。強烈な刺撃だった。長脇差は渋谷の脇腹に深々と刺さり、切っ先が反対側に五寸ほども抜けている。

渋谷は唸《うな》り声を上げ、血まみれの顔を苦悶にゆがめて激しく振った。総髪が顔にかかり、右腕から噴き出した血が周囲に飛び散った。

「やろう！　くたばれ」

叫びざま、喜十が肩先で渋谷を突き飛ばした。

渋谷の体が大きく揺れ、よたよたと前に歩いたが、足がとまると、腰からくずれるようにその場に倒れた。

俯せに倒れた渋谷は、呻き声を上げながら片手だけで身を起こそうともがいていたが、やがて力尽きて動かなくなった。

「化け物を地獄に送ってやりやしたぜ」

そう言って、喜十がニヤリと笑った。返り血を浴びた顔がどす黒く染まり、白目が白くひかっている。喜十自身が、化け物のような顔をしていた。

5

岩井が茂蔵に膝先をむけ、

「さぞかし、茂蔵も困ったであろうな」

と、笑みを浮かべながら訊いた。

菊屋の二階の座敷である。騙り一味を始末して、半月ほど経っていた。この日、岩井は慰労も兼ね、その後の町方の動きなどを訊くために、影目付を集めて宴席を持ったのだ。顔を合わせたのは、岩井、茂蔵、左近、弥之助、喜十、それにお蘭である。

いっとき、六人で酌み交わした後、茂蔵が、

「堺町の隠れ家から亀田屋に帰ると、奉公人たちにしつっこく訊かれて手を焼きました」

と、照れたような顔で言ったのだ。

「それで、何と答えたのだ」

さらに、岩井が訊いた。

「はい、いつものように情婦《おんな》のところへしけ込んでいたことを匂わせたんですが、留守にしたのが長かったもので、なかなか信用されませんでした」

茂蔵は影目付として動くとき、ときおり亀田屋を留守にすることがあった。

そうしたときのために、茂蔵は店の奉公人には、ひそかに情婦を囲っていてそこへ行っていることにしてあったのだ。

「それで」

岩井が話の先をうながした。岩井には、茂蔵の話を楽しんでいるような表情があった。

「川に落ちたときに風邪をひいたらしく、情婦の家で臥《ふ》せっていたと話したら、やっと納得

してくれました」

茂蔵と左近が室田たちに襲われた場所が亀田屋からそう遠くなかったので、奉公人たちも茂蔵が川に飛び込んだ噂を聞いていたらしいのだ。

茂蔵は、そのときの様子も奉公人たちに訊かれたが、徒《いたずら》牢人たちに襲われて金を奪われそうになったので川へ逃げた、と奉公人たちに話したという。

「いろいろ言い訳が大変だな」

岩井が笑みを浮かべて、茂蔵の杯に酒をついでやった。

その杯を茂蔵が飲み干したのを見て、

「ところで、町方の動きはどうだ」

と、岩井が声をあらためて訊いた。

影目付たちは、一晩に七人もの男を始末していたのだ。当然、町方も探索に動いたはずである。

「神田川沿いで始末した四人の件は、剣術道場間の遺恨による斬り合いとみたようです」

茂蔵によると、三人の武士の懐に財布が残っていたので、町方も追剝ぎや辻斬りではないと判断したらしいという。それに、中間を除いた三人は室田道場にかかわりのある者だったので、道場間の確執と読んだのであろう。

「他の三人ですが」

そう言って、茂蔵がさらに町方の動きを話した。それによると、千熊は辻斬りに殺られ、渋谷と田倉は恨みか盗人による殺しと見て、探索しているそうである。

「いずれにしろ、われらに探索の手が及ぶようなことはございません」

茂蔵が断言するように言うと、弥之助と喜十がうなずいた。左近は隅で黙したまま手酌で飲んでいる。

神田川沿いで騙り一味を斬殺した後、茂蔵は弥之助たちの手も借りて、町方の動きを探っていたのだ。

「町方は、われらのことは知らぬからな」

そう言って岩井が杯を取ると、脇に座していたお蘭がすぐに銚子を取った。

「ところで、お頭、松谷藩はどうなりました」

弥之助が訊いた。弥之助は、松谷藩の屋敷を見張っていたこともあり、その後のことが気になっていたのだろう。

「どうもならぬ。初めから増上寺の修繕の話などなかったことだし、伊豆守さまに賄賂を贈った事実もないのだからな」

「すると、家臣ふたりは斬られ損だったわけですか」

「まァ、そういうわけだ」

岩井は手にした杯の酒をうまそうに飲み干した。

「黒幕の水野と板倉は、どうなりました」

茂蔵がそう訊くと、他の四人の視線が岩井に集まった。影目付たちには、敵の頭目が忠成であり、その腹心が板倉であることは分かっている。

「何の咎めもない」

岩井がそう言うと、

「やはり、そうですか」

茂蔵ががっかりしたように視線を落とした。

「仕方あるまい。草野が出羽守や板倉とつながっていた証《あかし》は何もないし、此度《こたび》の件は草野と室田が、己の出世と仕官のために勝手に騙りをたくらんだとも言えるからな。ただな、出羽守と板倉は、あらためてわれら影目付の力を思い知ったはずだ。……草野と室田たちが、われらの命を狙ったのは、おそらく出羽守の指示だ。それだけ、出羽守はわれらを恐れていたのだ。此度の件で、ふたりは喉元に切っ先を突き付けられているような気がしておろうな」

「いかさま」

茂蔵がうなずいた。

「これで、出羽守と板倉はしばらくおとなしくなろう。伊豆守さまも満足しておられた」

「あっしも、渋谷を始末して満足してまさァ」

喜十が声を上げると、男たちの顔がなごんだ。

「さァ、存分に飲んでくれ。われらはこの世に顔を出せぬ、冥府《めいふ》をさまよう亡者だ。せめて、今宵《こよい》は亡者の宴《うたげ》とまいろうぞ」

岩井が剽《ひょう》げた声で言うと、男たちの間に笑いが起こった。

この作品は書き下ろしです。原稿枚数325枚（400字詰め）。

幻冬舎文庫

●好評既刊
剣客春秋　濡れぎぬ
鳥羽　亮

相次ぐ辻斬りの下手人は一刀流の遣い手。その嫌疑が藤兵衛にかけられた矢先、千坂道場に道場破りが現れた——。藤兵衛に訪れた人生最大の試練を描く人気時代小説シリーズ、待望の第四弾！

●最新刊
酔いどれ小籐次留書　春雷道中
佐伯泰英

ほの明かり久慈行灯の製作指南と、久慈屋の娘と手代との結婚報告に水戸へ向かった小籐次たち。だが、主人の座を狙っていた番頭がこの縁談に逆上し、思わぬ行動に出る。人気シリーズ第九弾。

●好評既刊
宵待の月
鈴木英治

半兵衛は戦では右に出るものがいないほどの剣の達人。しかし、亡くなった家臣を数えては眠れぬ夜を過ごしていた。「生きたい」という想いと使命の間で揺れ動く、武士の心情を描いた時代小説。

●好評既刊
お江戸吉原事件帖　四人雀
藤井邦夫

吉原の遊女・夕霧が謎の自害を遂げた。その裏には、出世欲と保身が絡んだ男達の陰謀が。それぞれが辛い過去を背負って生きる吉原四人雀が、女の誇りを守るために立ち上がる！　傑作時代小説。

●最新刊
定年影奉行仕置控
幕末大江戸けもの道
葉治英哉

江戸南町奉行所のもと吟味方与力・小山半兵衛は、楽隠居の同志を結集。影奉行と称して、迷宮入り殺人事件の解明に乗り出す。老いを巧みな知恵として、悪を裁く同志たちの、生き甲斐探しの物語。

影《かげ》目《め》付《つけ》仕《し》置《おき》帳《ちょう》

剣《けん》鬼《き》流浪《さすらふ》

鳥《と》羽《ば》亮《りょう》

平成20年2月10日　初版発行

発行者――見城　徹

発行所――株式会社幻冬舎

〒151-0051東京都渋谷区千駄ヶ谷4-9-7

電話　03(5411)6222(営業)

　　　03(5411)6211(編集)

振替00120-8-767643

印刷・製本―図書印刷株式会社

装丁者――高橋雅之

幻冬舎文庫

ISBN978-4-344-41087-9　C0193　と-2-14